白龍神と月下後宮の生贄姫

御守いちる

STARTS
スターツ出版株式会社

目次

白龍神と月下後宮の生贄姫

一章　白河澪

「あんたなんかいらない！　最初から引き取らなければよかった。あの事故の時、一緒に死んでしまえばよかったのに！」

叔母《おば》に罵倒《ばとう》され、確かにもう限界だと思った。

――このまま生きていたって、何もいいことなんてない。

私、白河澪《しらかわみお》は十歳の時までは、幸せな子供だった。

優しい父と母、少し生意気だけどかわいい二つ年下の妹と、平凡だけれど穏やかに日々を送っていた。

私には生まれつき、相手の感情が『色』になって見えるという厄介《やっかい》な体質があった。

例えば見ている相手が楽しい気持ちだと、その人の周囲が黄色やピンクなどの明るい色に。

そして攻撃的だと赤、悲しんでいると青という風に。それぞれの色の靄《もや》がオーラのように、その人を包んでいる風に見えるのだ。

幼い頃の私は、他の人間もみんな同じように、人の感情が見えているのだと思っていた。

それ故《ゆえ》、最初家族に「心の色が見える」と言った時は、たいそう不思議がられた。

だが私の家族は柔軟だったのか、素直に私の体質を受け入れてくれた。

しかし交通事故に遭《あ》い、すべてが変わってしまった。

私が十歳の時、家族四人で旅行へ出かけた。

父が山道を運転していた時、居眠りをしていた対向車が突っ込んできた。

それを避けようとした私たちの車は、崖《がけ》から転落した。父と母と妹は死に、私だけが生き残ってしまった。

そんな私を引き取ったのは、叔父《おじ》と叔母だった。

だが彼らが欲しいのは私の両親が残した保険金だけで、私はいらなかったようだ。

私と話す時、ふたりは常に灰色の靄に包まれ、不快な感情を漂《ただよ》わせていた。

叔母は何度も「面倒を見てもらっているのに感謝して、私たちのためにしっかり働くんだ」と命令した。

私はその通りだと考え、彼らのために懸命に自分のできることをしようと思った。

家族のいなくなった私を引き取ってくれた叔父と叔母に感謝しよう。そうすればいつか彼らも私を好きになってくれるかもしれないと。

そうして私は、家事をすべてすることになった。

掃除も洗濯も料理も任され、失敗すれば大声で罵倒され、水を浴びせかけられた。真冬でも彼らが気に入らないと外に閉め出されたり、私が作った料理でも私自身は食べることを許されなかったりした。

そんな生活が続き、私は十七歳、高校三年生になった。

叔父と叔母の私への感情はずっと灰色のまま変わることはなく、私もいつしか彼らに期待することをやめた。

それに彼らは私に「高校を卒業したら就職して、給料を全部私たちに渡しなさい」と、何度も言い聞かせた。

その言葉を少し疑問には思ったが、それでもここまで育ててもらった恩を返すべきなのだろうと思った。

そして昨晩、いつものように叔父と叔母に料理を作った。

最近彼らは顔を合わせると、いつも喧嘩《けんか》している。

どうやら私の両親が残した保険金を使い切り、もうお金がほとんど残っていないようだ。それなのに、叔父はまともに働かず賭け事をし、叔母も飲み歩いているから双方を責めて罵《ののし》るのだ。

喧嘩の後、叔父は怒りながら家を出て行った。

私は叔母に、夕食を食べるかどうか尋ねた。声をかけなければ、後で罵倒されるからだ。

だがどちらにしろ彼女の機嫌は悪く、私の顔を見た途端《とたん》に叔母は叫んだ。

「うるさいっ！　あんたなんかいらない！　私の家がおかしくなったのは、全部あんたのせいだ！　最初から引き取らなければよかった。あの事故の時、一緒に死んでしまえばよかったのに！」

そう言って、近くにあったグラスの水を私の顔に浴びせかけた。

その言葉で、それまで堪《こら》えていたものがぷつりと切れた気がした。

――確かに、死んでしまえばいい。

このまま生きていても、私は叔父と叔母が死ぬまで、彼らのために働き続けるしかないのだ。

そんな人生なら、今終わらせたってかまわない。

叔母の言葉を聞いた直後、私は家を飛び出した。

叔母は「どこに行くんだ！　戻って来い！」と叫んでいたけれど、もう何も関係ない。

叔父と叔母の言うことを聞く必要もない。そう考えると、少しだけ心が軽くなった。

特に都会でもない、変わった物があるわけでもないこの町の良いところが、ひとつだけある。

海が近いことだ。

せめて最後は、あの美しい海で死にたいと思った。

私は海までの道を歩いた。

十月になり、寒くなってきたので泳いでいる人がいないのはもちろん、海岸の周囲には誰もいなかった。

夜に染まった海は暗く、どこまでも底がないように見えた。

私は覚悟を決めて、海に向かって一歩ずつ歩いた。

靴の中に、海水が染み込んでいく。

あまりの冷たさに思わず逃げたくなったけれど、歯を食いしばって足を進める。

その時、自分がまだ制服を着たままだったのに気が付いた。制服のスカートが濡《ぬ》れて、重くなっていく。

そして私は、海の中に眩《まばゆ》い光を放つものがあるのに気づいた。

「何、あれ……？」

海なのに、そこだけぽっかりと穴が空いて、光が漏れているのだ。

どこかに通じているトンネルのようだ。そんなものが海にあるわけがないのに。

不審に思って顔を顰《しか》めると、その穴から何か声が聞こえた。

動物の鳴き声のような、もしくは泣いているような、歌っているような声が。

「誰かいるの？」

そう問いかけると、波の表面に、うっすら白い物が揺れたのが見えた。

咄嗟《とっさ》にその白に向かって手を伸ばす。すると向こうからも、ぐっと力を込めて掴《つか》まれる。

光はいっそう輝きを増し、私を包み込んだ。

そして私は、光に引き込まれた。

「――っ！」

驚いて声をあげようとした瞬間、水を飲んでしまった。

必死にもがくけれど周囲は暗く、何も見えない。自分が上を向いているのか、下に向いているのかすら不明だ。

海の水が冷たくて、針で全身を刺されているように感じる。

呼吸ができなくなり、口から泡が逃げていく。

苦しい。

自分から死のうと決めたけれど、やはり苦しくて、泣きそうになる。

手足を動かしてもがこうとするけれど、水が冷たいせいでほとんど身動きが取れない。

だんだん意識が遠ざかっていく。

暗い海の中、為《な》す術《すべ》もなく、深く深く沈む。

もう息が続かない。だんだん意識が遠のき、このまま死ねるのだろうかと考える。

——その瞬間。

目の前が、突然眩い白でいっぱいになった。

驚いて、また口からごぼっと泡が漏《も》れた。

「え?」

私の目の前に、信じられないものが現れた。

それはどこからどこ見ても。

白い龍、だった。

全長は私の身長の五、六倍はあるのではないか。とにかく大きい。

物語の中でしか見たことのない、白くて神秘的な姿。

普通だったら、そんな得体《えたい》の知れない生き物を目にすれば、恐怖でいっぱいになるだろう。

しかし、私は思わずその龍の美しさに見惚《みと》れてしまった。

龍の瞳は、宝石のような赤だった。龍は澄んだ赤い瞳で、じっと私を見つめる。

……あぁ、なんて綺麗《きれい》なんだろう。

この龍は、私を食べるだろうか。こんな美しい龍に食べられて死ぬのなら、それもいい。

そんなことを考えながらぼんやりと見惚れていると、白い龍は私の身体を自分の背に乗せた。まるで、どこかに案内するとでも言うように。

その上不思議なことに、龍に乗った途端、あれほど苦しかった息が続くようになった。地上と同じように、呼吸しても苦しくない。

もしかしたら、これは夢なのかもしれない。もしくは、私はもう死んでいるのかも。

疲れ切った私は、目蓋《まぶた》を閉じて龍の背に身を預けた。

龍は目的地が定まっているらしく、迷うことなく一直線に進んでいく。

白い龍が泳いで、泳いで、泳いで。どのくらいの時間が経《た》ったのか。数分のようにも、数時間のようにも感じた。

やがて海の中に、豪華絢爛《ごうかけんらん》な美しい城があるのが見える。

その城は透明な水の膜に包まれていた。

私が住んでいたのとは、明らかに別の世界だった。

竜宮城《りゅうぐうじょう》が実在するのであれば、きっとこんな佇《たたず》まいだろう。

その城を見て、私は妹が『人魚姫《にんぎょひめ》』の絵本が大好きだったことを思い出した。

妹は「お姉ちゃん、絵本を読んで。人魚姫を読んで」と何度もねだった。

私が絵本を読むと妹は喜び、父と母は私の頭を撫《な》でてくれた。

家族のことを思い出し、涙がこぼれる。死ねば、父と母と妹にまた会えるだろうか。

城の真上には、なぜか眩い満月があった。海の中のはずなのに。

私は目を細め、小さな声で呟いた。

「綺麗……。大きな月の下に、城が浮かんでいる」

死ぬ間際《まぎわ》に、美しいものが見られてよかった。

そう満足してしまうほど、幻想的な眺めだった。

龍の背に身体を預けたまま、私は意識を失った。

二章　異世界の神子

「……ちょっとぉ、しっかりしなさい。生きてるー？」
私は誰かに声をかけられていることに気づき、ハッとして目を開いた。
叔父と叔母の声ではない。もちろん、両親や妹の声でもない。
聞いたことのない人の声だ。
女性と男性の中間のような、掠《かす》れた不思議な響きだった。
私が顔を上げると、整った顔立ちの男性が、こちらを覗き込んでいた。
彼の顔には華やかな化粧が施《ほどこ》されている。
目が大きく、鼻も高く、口も大きい。派手な顔だな、と思う。
背中まで伸びる漆黒の長い髪は、後ろでひとつに結われている。
肩幅が広く体格はがっしりしているので、一目で男性だと分かった。
私が呆然《ぼうぜん》としていると、彼はにこりと微笑《ほほえ》んだ。
「あら、意識があってよかったわぁ、神子《みこ》様」
喋り方も、やはりやわらかい。
それに、〝みこ〟という言葉に面食らう。
巫女《みこ》って、神社にいる巫女だろうか。どちらにせよ、私は巫女ではない。
「巫女？　いや、違うけど……」

私は咄嗟に彼の〝色〟を見た。

彼の心は、オレンジ色の光を灯していた。オレンジは、優しさを表す色。

おそらく親切にしてくれようとしているのだろう。

私を不思議に思っている色も混じっているけれど、警戒よりは興味が強いようだ。

とにかく攻撃するつもりがないらしいと分かり、ほんの少し安心する。

「アタシは麗孝《リキョウ》よぉ。あなたの案内役を任せられているわ。よろしくね」

「麗孝、さん」

話し方と外見からして、オネエってやつだろうか。

東洋系の顔立ちだが、名前を聞いた時点で、おそらく日本人ではないのだろうなと思った。

何よりその服装も見たことのないものだった。彼の身につけている灰色の服は袴《はかま》に近いが、日本人が式典などで着用する物とも少し形が違う。

私は意識を失う寸前、龍の背に乗り、海を渡ったことを思い出した。

ハッとして自分の格好を確認する。制服は濡れていなかった。

海で溺れたはずなのに、どうして？

麗孝が着替えさせたというわけでもなさそうだ。

それから私は建物の中を観察する。

知らない場所だ。

どこかの部屋の床に寝かされていたようだ。薄暗く、とにかく天井が高いということしか分からない。

「ここ、どこなの？」

「ここは白陽国《はくようこく》よ」

「……え？」

何を言っているのか、さっぱり分からない。聞いたこともない国名だ。困惑《こんわく》している間に、麗孝が私を立ち上がらせる。

「さ、あなた、こっちについて来て」

「えっ？　あの、どこに行くの？」

「いいから、大人しくアタシについて来てちょうだい。悪いようにはしないから」

笑っているのに、悪寒《おかん》がするような笑みだった。

力では敵いそうにないので仕方なく、麗孝の後ろについて歩く。

「ねぇ、ここはどこなの。一体私をどうするつもりなの」

何も説明してくれない。完全に無視だ。

何なのここは。知らない間に外国にいて、捕まっているなんて。

死のうとして海に入ったけれど、何をされるか分からないのは怖い。

言うことを聞きたくなかったけれど、逃げるのも難しそうだ。

朱塗《しゅぬ》りの円柱が並ぶ長い廊下を、真っ直ぐに進んで行く。

一体どこまで続くのかも分からないほど長い。回廊《かいろう》のようだ。

やがて麗孝が口を開いた。

「これから、あなたを陛下に紹介するわ」

「陛下？」

「皇帝陛下よ」

「こ、皇帝⁉」

「そう。あなたが本当に神子なら、まずは陛下に報告しないといけないの」

どうやら麗孝は、この城の主《あるじ》に挨拶《あいさつ》しろと言っているらしい。

皇帝というのが本当なら、この国で一番偉い人ということだろう。

ということは、やっぱりここは日本じゃないんだ。日本には皇帝はいないもの。

建物の造りも麗孝の服も日本らしくないけれど、本当に白陽国という国にいるのだろうか。

そんなに長い間意識を失っていたのか。

それとも海で溺れて、別の国まで流れ着いた？　まさか。

歩いていると、建物の壁や装飾など、いたるところに白い龍が描かれているのが見えた。

私はぽつりと呟く。

「……白い龍がたくさん」

「えぇ、そうよ。ここは白龍《はくりゅう》様に守護されている国だもの」

「あ、白龍って」

思わず叫んだ。

「あの、私、海で白い龍に会った！　背中に乗せてもらったの」

すると、彼はこちらに振り返り、眉をひそめる。

彼の色が複雑に混じる。

そこには、疑惑だけでなく、なぜか期待がほんの少し混ざっている。

「白い龍？　まさか。陛下の力は、まだ目覚めていないはずよ。あなたの見間違いじゃない？」

「え……」

そうなのだろうか。

確かに、龍が実在したのかと言われると、夢だったと考える方が自然かもしれないけれど。

私は海の中で見た光景を思い出すために目を細める。

光り輝く、真っ白な龍。

月の下に浮かぶ、幻想的な城。

確かにあの白い龍が、私を助けてくれたと思ったのに。

あの龍が、この城を守っているという白龍ではないのだろうか。


しばらく歩き続けていた私たちは、やがて別の建物に移動する。

どうやら敷地の中に、いくつもの殿《でん》があるようだ。

長い石段を上ると、溜め息をつきながら目の前にそびえる建物を見上げた。詳しいことは謎だが、ものすごく豪華だということは分かる。

そして一際《ひときわ》立派な建物の前に、麗孝よりもずっと屈強な体格の男性が、ずらりと並んでいる。

見張りだろうか。武装していて、槍や剣を持っている。

ますます逃げ出すのが難しくなった。背中を冷や汗が流れる。

彼らは深く頭を下げ、大きな扉を開いた。

建物のどこかで香《こう》を焚いているらしく、風にのってふわりと上品な香りが流れてきた。


「ここよ」

麗孝に促《うなが》され、中に入って一番に目に飛び込んできたのは白い龍の装画《そうが》だった。

壁や柱のいたるところに宝玉が埋め込まれ、飛雲《ひうん》と白い龍が描かれている。

広間にはやはり物々しい格好の男たちが等間隔で並び、敬服の姿勢をとっている。

私はごくりと唾《つば》を飲んだ。

この世界のことがまったく分からない私でも、ここで何か無礼《ぶれい》なことをしようものなら無事ではすまないだろうと感じ取ったからだ。

広間の王壇《おうだん》には、玉座《ぎょくざ》があった。

そこに、ひとりの男性が座っている。

誰が言わずとも、その威厳に満ちた空気で彼が皇帝なのだと分かる。

麗孝は先に歩いていってしまって、玉座の隣に控えた。

ひとりで広間の真ん中に置き去りにされた私は、途端に心細い気持ちになる。

私は立ち尽くしたまま、皇帝のことを見ていた。

金の刺繍《ししゅう》が施された白い上衣《じょうい》を纏《まと》った美しい男が玉座に腰掛け、無表情でこちらを見下ろしている。

まるで神話に出てくる神様のようだった。

白い肌は陶器のように滑らかだ。

銀色の長い髪。

冷たく光る、聡明そうな赤い瞳。

皇帝というからてっきり年を取っているのかと思ったが、顔つきは若く、二十代前半くらいに見える。けれど彼の雰囲気には、重々しさがあった。

正面にいるだけで、押し潰されてしまいそうな威圧感だ。

ずっと見ていたら失礼だろうか。

そう考えて、瞬きした瞬間。

――足音ひとつしなかった。

いつの間にか、皇帝が私の目の前に立っていた。

驚いて目を丸くする。

皇帝と私の間は、十数メートルは離れていたはず。どうやって移動したのだろう。

戸惑っている間に彼は私の顎《あご》に白い人差し指をかけ、ぐいと上を向かせる。

「っ……」

思わずうわずった声が出そうになる。

間近で彼の顔を見て、息が止まりそうになった。

あまりに綺麗すぎて、恐怖すら覚えそうになる。

すべてが完璧で、生身の生き物だという気がしない。

この人が、皇帝……。

彼の表情からは、何の感情も伝わってこなかった。
まるで商品か何かを検分しているような態度だ。
そして私はあることに気づき、衝撃を受けた。

――この人の感情の色が見えない。

目の前の神々《こうごう》しい男性は、白い光を纏っていた。
だけど、それは彼の感情ではないようだ。
ずっと、白いまま。
ただただ眩《まぶ》しくて神々しい。
こんなことは初めてだ。
感情の色で人を見るのが癖《くせ》になっていた私は、戸惑った。
私の様子を見て、男は静かに言った。
「お前が異世界から現れた神子か」
はい、ともいいえ、とも答えられない。
絶対違うと答えたいが、そう言ったら何をされるか分からない。
黙っていると、彼は独り言のように呟いた。

「まさか召喚《しょうかん》の儀《ぎ》が成功するとはな」

私は躊躇《ためら》いながらも問いかける。

「召喚の儀？」

「異世界から神子を呼ぶための儀式だ。今までに何度も行っていたが、成功したのはこれが初めてだ」

よく分からないけれど、私はその儀式とやらでここに呼ばれたということだろうか。

「ここは白陽国。白龍の守護を司《つかさど》る国だ。俺はこの国の皇帝、白浩然《ハクハオラン》だ」

「白陽国……。聞いたことない」

「だろうな。どうやらお前は、我々とは別の世界から来たようだ」

「別の世界？」

改めて言われると、そんなバカな、と思ってしまう。

だけど海の中に浮く城も、白い龍も、とても私のいた世界にあるものとは思えない。

「ここって、死後の世界なの？」

そう問うと、浩然は考えるように眉をひそめた。機嫌を損ねてしまったのかと思ったが、別にそういうわけでもないらしい。

「そうではない。俺もお前も、きちんと生きている」

どうやら死んで天国に到着したわけではないらしい。

私は少しがっかりした。両親や妹には、会えないようだ。

浩然は龍の絵を仰ぎ見て言った。

「この国の成り立ちを話そう。何百年も昔、ここはひとつなぎの広大な国だった。その国を治めていたのは、我が一族、白龍の祖先である龍神だ。その他にも青龍《せいりゅう》・黒龍《こくりゅう》・黄龍《こうりゅう》・赤龍《せきりゅう》がいて、四柱《しちゅう》の龍は白龍に従っていた」

私は静かに浩然の声に耳を傾ける。

白い龍の他にも、色々な色の龍がいるらしい。

「やがて白龍は人間の娘と恋に落ち、子孫を作った。しかし他の龍神たちは、龍神と人間は身分違いだと言って、白龍と人間の娘が結ばれるのを反対し、娘の命を奪い、ふたりを引き裂いた」

現実感がなさすぎて、そうなんだ、という感想しか出ない。

「白龍は怒り、嘆《なげ》き、ふたりを引き裂いた龍神たちを怨んだ。争いになり、国は五つに分断された。そのうちのひとつが、この場所、現在の白陽国だ。白龍は他の龍神たちを決して許さず、自分の力のすべてを込めて、他の龍神たちに呪いを捧げた」

「呪い……」

「それ以降、龍の一族には男しか生まれなくなり、人間と結婚しないと子を成せなくなった。そのため、白陽国に生まれた人間の娘を妃《きさき》として後宮《こうきゅう》に迎えている」

浩然は一度言葉を切って言った。

「また白龍を愛した娘は、命が尽きる最後に龍に祝福を与え、その魂をここ とは別の世界に飛ばしたと言われている。それ故《ゆえ》、異世界からの神子は、神龍の力を目覚めさせる。そして力を与えた龍には、国に勝利をもたらすという伝説がある。俺もつい今し方まで、そんなもの、伝説の中だけの与太話《よたばなし》だと思っていたがな」

まさか、その神子が私だと思われているのだろうか。どう考えても人違いだと思う。

「現在五国、そしてその国々の皇帝である五龍は協定を結んでいる。だが、冷戦状態だ。友好的な国もあれば、他の龍の隙を狙い、五国の統一支配を考えているものもいる。もし異世界からの神子がこの国にいると知られれば、大きな争いになる」

私はごくりと唾を飲んだ。

やはり彼の感情の色は見えない。何を話していても、ずっと白く輝いたままだ。

五国の龍神なんてにわかには信じがたい話だけれど、もし事実だとすれば、戦争なんて関わるのは絶対にごめんだ。

すると玉座の側に控えていた役人のひとりが口を開いた。

「恐れながら、陛下。この娘は本当に異世界からの神子なのでしょうか？　もしかしたら、黒影国《こくえいこく》の間者《かんじゃ》かもしれません」

それを聞いた浩然は、男を睨《にら》みつけた。

「俺が見つけた娘を疑うのか？」

静かな声なのに、抗《あらが》えないような厳しさを含んだ声だった。

周囲の空気が緊迫感に満ちる。

男はすっかり青ざめ、蚊《か》の鳴くような声で答えた。

「いえ、決してそのようなことは……」

会話が終わったようなので、私はずっと気になっていたことを問いかけた。

「あの……。元の世界に戻るにはどうすればいいの？」

そう問うと、浩然は真っ直ぐにこちらを見つめて言った。

「帰りたいのか？」

その問いかけに、思わず言葉を失う。

「それは……」

本来なら、「帰りたい」と即答すべきだろう。

自分が住んでいたのとは、まったく別の世界に召喚されたのだから。

だが冷静に帰りたいかと考えると、そうでもないのが正直なところだった。

私にはもう家族もいないし、友人もいない。

もちろん私を死に追いやった叔父と叔母になど、二度と会いたくない。

学校にも他の場所にも、私の居場所はない。

将来の夢も、やりたいことも、目標だってない。

自分の命にすら価値を感じないから、海に飛び込んだのだ。

ならば無理して帰る必要はないかもしれない。

私が口籠《ご》もっていると、浩然が話し出した。

「役目が終われば、好きにしたらいい。ただこちらの世界に召喚する儀を記《しる》した書物はたくさんあるが、送り返す方法を書いたものを見たことはないな。もしお前が元の世界に戻りたいのなら、調べさせておこう。だが、あまり期待はするな」

そんな適当な。

とはいえ、私自身がどうにかできることとも思わないし、今は浩然に任せるしかないだろう。

「とにかく、後宮に部屋を用意しよう。しばらくは、そこで寛《くつろ》ぐといい」

私はその言葉に頷《うなず》いた。

「そうだ、名前を聞いていなかったな。お前の名は？」

「白河澪」

「ふむ、『白』か。縁《えん》があるではないか。ちなみに、その服は？　珍しいな」

こっちからすると、この世界の人たちが着ている服の方がよほど珍しいけど。

「これは、制服。高校……子供たちが勉強を学ぶ場所、に行く時に着る服」

「なるほど。お前の住んでいた世界は、ここととはずいぶん違うようだな」

私は黙って頷いた。

「ふむ、お前の世界にも興味が出てきた。時間ができた時に、話を聞かせろ」

私はもう一度浩然の言葉に頷いた。

それから先ほどの仰々《ぎょうぎょう》しい神殿のような場所を出て、私は兵士に簡素な部屋に案内された。

宿泊するための場所が用意できるまで、ここで待つらしい。

椅子と机があるだけの、何もない部屋だった。まるで罪人を閉じ込めているみたいだ。

声をかけられるのを待っていると、突然三人の兵士が部屋に押し入ってきた。

だが、何やら様子がおかしい。

とても案内係だとは思えなかった。

「あなたたち、何なの……!?」

彼らを取り巻く心の色が真っ黒に染まっているのが見えて、さっと血の気が引く。

敵意を向けられたことは今までにも何度もあったが、ここまで明確な殺意を感じたことはない。

それに、彼らの瞳も虚《うつ》ろだった。

まるで、何かに操られているような……。

男たちは感情の籠もっていない声で言った。

「神子を生《い》け贄《にえ》にする」

「生け贄!?」

このままここにいたら、殺される。

逃げようとするが、男のひとりは私の口を布で塞《ふさ》いだ。

「んんっ！」

そして男たちが持っていた箱に閉じ込められる。

男たちは、私をどこかに運ぼうとしているようだ。

「一体どういうつもり!?」

箱は乱暴に揺れ続け、彼らが移動していることが分かる。

次に箱が開けられた時、私は城を囲む壁の上に載せられていた。

壁はマンションの三階くらいの高さがあるのではないか。しかも城壁の外には、海が広がっていた。ここから落とされたら、おそらく命はないだろう。

「おい、あいつら何をしているんだ!?」

「神子がさらわれた！」

異変に気づき、他の兵士たちが集まってくる。

そして、少し離れた場所にいる浩然と目が合った。

浩然の後ろにいる麗孝も、城壁の上にいる私を見てぎょっとした顔をしている。

私が悪いことをしたわけではないのに、なぜか後ろめたい気持ちになる。

側にいる兵士たちは私の身体を抱え、今にも私の身を海へと投げ出そうとしている。

私は一瞬、浩然に助けを求めようと考えた。

だが、元々は死ぬために海に身を投げたのだ。

ここで死んでも、同じではないか。

――それに、あの人は怖い。

心の色が見えない人なんて、初めてだ。

何を考えているのか分からないのが一番怖い。

信じても、また裏切られるだけかもしれない。

気が付くと、壁のすぐ下に浩然がいた。

「こちらに手を伸ばせ！」

浩然がそう叫んだのが聞こえた。

だがその声が聞こえたのと同時に、私の身体は兵士たちによって城壁の外へ投げ出される。

私は浩然に伸ばそうとした手を下ろし、ぎゅっと拳を握りしめた。

頭から、水の膜の中に滑り落ちていく。

城から見ていた時は水の膜に見えたけれど、中に飛び込むとその水流の激しさに、一瞬で飲み込まれてしまう。

まるで台風のように勢いよく水が暴れ、渦巻き、私は抵抗する間もなく溺れてしまった。

さっき溺れたばかりなのに、また同じような目に遭うなんて、バカみたい。

今度はきちんと死ねるだろうか。

そう考えながら薄く目を開くと、浩然がこちらに飛び込もうとするのが見えた。

まさか皇帝本人が助けに来るとは思わず、目を丸くする。

「どうして……」

それに彼の周囲だけ、水の流れが止まっている。

浩然は波の中を歩くように進んで、私の身体を抱き留めた。

やがて私は浩然に抱きかかえられ、城の中へと下ろされる。

げほげほと咳《せ》き込み、水を吐き出した。

浩然はそんな私の姿を見下ろし、呆れたように顔を顰めた。

「まさか、本当に神子の命を奪おうとするとはな」

私を殺そうとした男たちはすぐに別の兵士によって捕らえられ、どこかに連れていかれてしまった。

「しかしお前も、見た目よりも莫迦《ばか》なのか？　俺が手を伸ばせと言っただろう。この城の周囲には、結界が張られている。普通の人間ではとても泳ぎ切れない。俺が助けなければ、死ぬところだったぞ」

淡々とそう話すのに腹が立って、つい言い返してしまう。

「……どうせここにいたって殺されるじゃない」

「どういう意味だ」

「彼らは私を生け贄にすると言ってた。私は最初から死ぬつもりだったから、それでもかまわないと思って抵抗しなかっただけ！」

それを聞いた浩然は怪訝《けげん》な表情になる。

「お前は自ら死を選んで、海へ入ったのか？」

「そう」

浩然に言っても無駄だと分かっているのに、次から次へと言葉が溢れ出す。

「私、ずっといいことなんてなかった。家族が事故で死んで、引き取られた家ではひどい仕打ちを受けて。死のうと思って海に飛び込んだら、ここでも生け贄なんて訳の分からないことを言われて殺されそうになって！　どうせ私がここにいると他の国にバレたら面倒だから、殺すんでしょう？　だったら早く殺してよ！」

そうまくしたてた私に対し、浩然は落ち着いた声音で言った。

「城の者が勝手な噂をしていたのを信じたのか。俺は、お前を生け贄にするつもりはない」

彼の心は白く輝いたままだ。浩然の心が読めないのは不安だ。

「確かに伝説となった神龍の怒りを静めるため、昔生け贄を捧げる風習があったのは事実だ。贄を捧げれば国が繁栄すると、信仰心を抱いている者たちもこの城にいる」

「やっぱり……！」

「だが、それはあくまで古い因習《いんしゅう》だ。俺は人間の贄などいらないと思っている。黒龍の一族は、まだ実際の人間を使っているようだが」

「そう、なの……？」

浩然は頷いて言った。

「あの兵士たちの様子は、少しおかしかったな」

確かにその通りだ。彼らは目が虚ろで、空っぽの人形のようだった。

「そんなに疑わしいのなら、お前の命が確実に助かる方法が、ひとつだけある」

「どうすればいいの？」

「俺の妃になればいい」

その言葉に驚いて、パチパチと目を瞬く。

「妃？　って、奥さんのこと？」

「そうだ。妃嬪《ひひん》でも暗殺される可能性が絶対にないとは言い切れないが」

「結局殺されるんだ」

「いや、そんなことはさせない。信用できる人間に、お前の警護を任せる。俺も、神子であるお前の存在を失いたくないからな。悪い話ではないだろう」

確かに、皇帝である浩然の部下が警護をしてくれるのなら、少しは安心できるのかもしれない。

でも、その言葉が本当か分からない。

それにいきなり出会ったばかりの好きでもない人と結婚なんて、無理に決まっている。

その言葉だけ受け取ればプロポーズのはずだが、浩然は真顔で淡々と続ける。

「後宮には千人を超える妃がいる。だが、俺はその誰にも興味がない。今さら毛色の変わった女がひとりやふたり増えたところで、何も変わらん」

私は顔を顰める。

どうやら浩然は、結婚相手のことを道端の石ころくらいにしか考えていないようだ。

千人も奥さんがいれば、そうなっても仕方ないのだろうか。
それがこの国の結婚観なのか。何となく、この人らしいとは思った。
「私が別の世界から来たって、他の龍に知られると大変なんでしょ？」
「いずれ分かることだ。召還の儀が成功した国は、優先的に神子を守る権利がある。
それに殺すつもりなら、最初から助けたりしない」
そして彼はハッキリと言った。
「俺にはお前が必要だ」
意志の強い瞳だった。
彼の言葉に、自然と鼓動が高鳴る。
家族を失ってから今まで、ずっと私などいなければいいと言われてきた。
いらない、消えろ、どこか行けと何度も罵倒された。
こんな風に誰かに必要だと言われたのなんて、初めてだった。
私が、というより、異世界からの神子が必要だという意味だろうけれど。
少なくとも、その言葉だけは真実なのだろうと思えた。
いや、その言葉だけは信じたかったのかもしれない。
浩然が妃相手に愛情を持っていないのならば、結婚は良い提案なのではないか。
他の選択肢もないし、仮にこの城を逃げ出せても、どっちみち私ひとりでは右も左も分からない世界でのたれ死ぬのが関の山だ。

どうせ一度は捨てた命だ。彼が私を必要だと言ってくれるのなら、もう少しだけ生きても悪くないかもしれない。

私は浩然の言葉に頷いた。

「じゃあ私、あなたの妃になる」

そう告げると、浩然は淡々とした様子で首肯《しゅこう》した。

「分かった」

こうして恋愛感情の欠片《かけら》もないまま、私は皇帝の妃になることが決まってしまった。

三章　後宮の生活

廊下から空を見上げると、やはりそこは完全に海の中だった。

通常ならば空があるはずの場所は海水で満たされ、鮮やかな魚が群れを成して泳ぎ、海草が揺れている。

そのさらに上に、美しい満月が輝いている。海の中なのにどうやって月が見えているのか不思議だが、光が水面に反射して、月への架け橋が伸びているように見えた。

さっき飛び込んだ時はゆっくり景色を眺める時間などなかったけれど、こうやって見るとなんて幻想的な場所なんだろうと思う。

私はこれからどうすればいいのかを考えた。

浩然は、しばらくは私を妃としてここに置いてくれるようだ。

その言葉が真実かは分からないけれど、どちらにせよ私ひとりでここから逃げることは不可能だ。

ダメだったら、また死を選べばいい。

しばらくは、この場所で過ごしてみよう。

家事には慣れている。この城でも、何か仕事を与えてもらえればいい。

最低限、横になる場所と空腹を満たせるだけの食事があれば何もいらない。

そんなことを考えながら私が廊下で佇んでいる間に、何十人もの役人が忙しそうに行き来して、荷物を運んでいる。

　これほど大人数が行き交うのだから、偉い人物が引っ越しでもしているのだろうか。

　ぼんやりそう考えていると、後ろから麗孝に声をかけられる。

「神子様」

　慣れない呼び方に、顔を顰める。

「どうして私のことを様付けで呼ぶの？」

「だって神子様は、異世界から現れた大切な神子様だもの。そりゃ軽々しく呼び捨てになんかできないわよぉー」

　そう言っている割に、口調は軽い気がするけれど。

「あなたに様を付けられると、なんだかむずがゆい」

私は神子じゃないから本当は名前で呼んで欲しいけれど、偉い人には偉い人の決まりがあるのだろう。

　麗孝はうふふと微笑む。

「それにしても、さっきは驚いたわぁ。とにかくあなたが無事でよかった。さ、神子様、あなたの住む部屋はこっちよぉ」

　麗孝は私を、瑠璃《るり》色の瓦《かわら》が輝く立派な殿舎《でんしゃ》へ案内した。

「ここが今日からあなたの暮らす場所よ。この瑠璃宮は、あなたのもの。どう、綺麗でしょ？」

そう言われた私は、驚きに目を見開いた。

「わ、私のもの？　この広い部屋を使っていいの？」

「ううん、この部屋だけじゃないわよぉ。建物ごと、すべて全部よ！」

「た、建物全部？」

信じられない。

元々の叔父と叔母の家で暮らしていた時、私に与えられたのは四畳半にも満たない古い部屋だった。それでも雨風をしのげるならありがたいと思っていた。

それが、殿舎丸ごと使っていいなんて。何かの冗談としか思えない。

よく見れば先ほどの役人たちは、その建物の中に次々と小箱や長櫃《ながびつ》を運び込んでいる。

「ここに運ばれた物は、全部陛下からの下賜品《かしひん》よ。好きに使っていいわ」

私は部屋に積み上がっている服や宝石を見て困惑する。

「こんなのもらっても、困るよ。私、きっと役に立てないし。神子とか、結婚だって何かの間違いだとしか思えない」

それを聞いた麗孝は肩をすくめる。

「なぁんか神子様、ずっと暗い顔してるわねぇ。まぁいきなり別の世界に来て、戸惑うのも無理ないかもしれないけど」

それはそうだ。死のうと思って海に身投げしたのに、別の国に召喚されてそこでも結局生け贄として殺されそうになったのだから。にこにこしていられるわけがない。

麗孝は笑いながら問いかけた。

「神子様は、自分のことが好き？」

私は驚いて、即座に首を横に振った。

「……ううん、嫌い。何もいいところなんてないもの」

麗孝はその答えを予想していたようだった。

「そう。じゃあ、あなたの嫌いな元の世界の神子様は、死んだと思いなさい」

「し、死んだ？」

「そうよ。せっかく陛下に出会えたんだもの。別の自分に生まれ変わったと思って、振る舞ってみたら？」

「別の自分に……」

確かにこの世界には、元々の白河澪を知る人間は、誰もいない。

生まれ変わったと言っても、過言ではないのかもしれない。

「とにかく今日は、色々あって疲れたでしょう？　ゆっくり休んだ方がいいわ。明日からのことは、また連絡するから」

そう言って、麗孝は去ってしまう。

ひとり取り残された私は、広すぎる部屋を見渡しながら考える。

荷物を運んでいた役人たちも去り、どうすればいいのか途方《とほう》に暮れた。

部屋の窓を開き、顔を出して空を眺《なが》める。

視線を上げるとすぐ近くに、大きく丸い満月が煌々《こうこう》と浮かんでいた。手を伸ばせば、今にも触れられそうに感じる。

冴え渡る月の輝きに、私は自然と浩然の顔を思い出した。

彼は人の心を見通すような赤い瞳で、私のことを見ていた。その瞳は、この世界の何にも期待しておらず退屈しているようにも、罠にかかった哀《あわ》れな獲物を眺めるようにも見えた。

決して私を好きになったなどというわけではないだろう。きっと浩然は、私に興味などない。

ただ、それでも自ら海の中に飛び込んで、溺れていた私のことを助けてくれた。少し意外だ。

浩然の他人に興味がなさそうなところは、少しだけ私に似ているかもしれない。

「……優しいのか、冷たいのか分からない人」

◇◇◇

「聞いた!?　異世界から神子が現れたって」

「ただの噂でしょう、そんなの」

「そうよ、神子を騙《かた》っているだけじゃない？　何か証拠があるの？」

「でも、陛下ご本人が海に飛び込んで命を助けたんですって！」

「もし本当だったら、神子の地位ってどのくらいになるの？」

「噂だと、四夫人《しふじん》と同じ……もしかしたら、それより上かもしれないって」

「そんなまさか！」

「だけど今までどんな美しい妃嬪にも興味を示さなかった陛下が、その神子を皇后《こうごう》にしようと考えていらっしゃるとか」

澪の出現に、後宮は騒然となっていた。

妃嬪も宮女《きゅうじょ》も宦官《かんがん》も、誰もが澪の動向を気にしていた。

浩然には千人を超える妃嬪がいたが、彼はその誰ひとりにも興味を持たない皇帝だった。

今までこの後宮では誰ひとりとして、彼と閨《ねや》を共にしたことはなかった。

現皇帝が即位してから特別な変化がなかった後宮が、澪の存在により、大きく変わり始めている。そんな気配を、誰もが感じ取っていた。

澪と懇意《こんい》になって取り入るべきか、それとも害をなす敵として排除すべきか、後宮では様々な陰謀《いんぼう》や思惑《おもわく》が渦巻いていた。

その一大事を知らないのは、澪本人だけだった。

◇◇◇

翌朝私が目覚めると、麗孝が選んだという侍女《じじょ》たちが、瑠璃宮で働くことが決まっていた。何人もの侍女が入れ替わり立ち替わり、私の部屋を行き来する。

瑠璃宮にやってきた麗孝が、大きなよく通る声で言った。

「おはよう神子様、もう起きてる?」

まだ眠かった私は、ぼんやりしながら起き上がる。

「本当は朝儀《ちょうぎ》とか謁見《えっけん》の儀とか色々あるんだけど、あなたは神子様だからしばらくは特別に免除するんですって。何人かの侍女は、アタシが選んでおいたわよ。侍女頭《がしら》は、あなたが決めて。侍女の人数が足りなければ、指名して増やしてもいいわ」

侍女というのは、生活のお世話をしてくれる人らしい。自分のことは自分でやるから、別にそんなのいらないのに。

そう考えていると、麗孝は小声で囁《ささや》いた。

「それから、後宮は魔窟《まくつ》よ。一応この宮の周辺の警護は強化してるけど、用心しなさいよ」

その言葉に、眠気が吹き飛んだ気がした。

後宮の中なのに、危険があるの？　どうして？

一瞬疑問に思ったが、突然現れた得体の知れない女が皇帝の妃になったんだから、嫉妬や警戒されるのは当たり前だと気づく。

今まで読んだ小説でだって、ぽっと出の妃が暗殺されることはよくあった。

ただ私に悪意を持って近づく人がいれば、感情の色で気づくことができるのはまだ幸運だろう。

「じゃあアタシはちょっと忙しいから。また用があったら呼んでちょうだい」

麗孝はそれだけ言うと、忙しそうに去って行った。

詳しく知らないけれど、どうやら麗孝は浩然の直属の臣下《しんか》らしい。

ふんわりした雰囲気の人だけど、もしかしたらとても偉い立場なのだろうか。まぁ私には関係のないことだ。

やがて、私の部屋に数人の女の子が現れた。彼女たちが侍女らしい。

私のことを侍女たちが甲斐甲斐《かいがい》しくお世話をしてくれるようだ。

侍女が住む部屋は瑠璃宮の中にはあるが、私の部屋とは別に用意されている。

後宮って、いったい何人の人間が住んでいるのだろう。

頼まなくとも、侍女たちは私の髪をとかしたり、化粧を施したり、着せ替え人形のように襦裙《じゅくん》を着せたりしてくれた。

「神子様の髪は、まるで絹糸のように美しくて艶《つや》やかですわ」

「白粉などなくても、肌が滑らかです。化粧が映えますね。口紅はどちらの色になさいますか？」

「白くて美しい肌に、金の刺繍の襦裙がよくお似合いですわ」

「こちらの真珠《しんじゅ》の耳飾りはいかがでしょう？　ほら、素敵です！　さすが陛下からの下賜品ですわ」

迷惑だと言うのも忍びないので、ただただされるがままになっていた。

まだ彼女たちの顔も名前も一致しないが、感情の色を見なくても分かる。どうやら侍女たちは、私に取り入ろうとしているらしい。皆貼り付けたような笑顔と、空々しいお世辞で私を褒め称《たた》える。

悪意を持っているわけじゃなさそうだから、害はないけど……。

単純に疑問だった。

皇帝である浩然に媚《こ》びるのなら分かる。

後宮というのは、そのすべてが浩然のために用意された場所らしいし、ここにいる数多《あまた》の女性も、すべて浩然のための妃らしい。

だけど私には、何の力もないのに。

今に間違いだったと言って、この城を追い出されるかもしれない。


朝食には、食べきれないほどのご馳走《ちそう》が用意されていた。

食事の香りが漂ってきて、空腹を思い出す。

そういえば、昨日の夕方から何も食べていなかった。

私はありがたいと思いながら、ご飯を食べることにした。

特に海老《えび》の入ったお粥がおいしかった。今までも粥を食べたことはあるが、使っている材料が良質なのか、口当たりがやわらかかった。

朝食を終えた後、私は麗孝の言葉を思い出し、侍女たちに問いかける。

「あの、私はここで何の仕事をすればいいの？　洗濯とか、炊事《すいじ》とか……私にできることがあれば、手伝わせてもらいたいのだけれど」

別の自分に生まれ変わったと思って、もう少しだけ前向きに人と関わってみよう。

だが侍女たちは顔を見合わせ、おかしそうに小さな笑い声をあげた。

「まぁ、神子様は何の仕事もなさらなくていいのです」

「そうですとも。神子様のお仕事は、陛下の御子《みこ》をお生みになられることですわ」

などと返されてしまう。

「御子!? そんなの生まないっ!」

そう答えると、侍女たちはまた顔を見合わせて微笑んだ。

「神子様、入浴の準備が整いました」

「まさか、あなたたちも一緒に入るの!?」

「はい、もちろんです」

「ひとりで入れるから!」

「大丈夫です、私たちにお任せください」

ほほほと笑いながら服をひんむかれ、丸裸にされて、全身を布で擦《こす》られる。

自分の身体からほんのり香油《こうゆ》の甘い香りがして、妙な気分だった。

夜になり、侍女たちを部屋に返してひとりになってから、ようやくほっとできた。

窓の外を見つめながら、ぐったりと寝台《しんだい》に寝そべる。

「疲れた……」

今日一日特に何もしていないのに、本当に疲れた。

他人と接するのが苦手なのに、常に侍女たちがいるし。

てっきりここでも私は、下働きのようなことをすると思っていた。それでも、身体を休める場所と空腹を満たせる食事さえあれば、ありがたいくらい。

なのに、想像とまったく違った。

後宮は煌《きら》びやかで華やかだ。

部屋にある調度品《ちょうどひん》も、どれも上等で凝った物だし、何十着もの襦裙や帯があり、そのすべてが濘のものだと言う。

簪《かんざし》に宝石、耳飾りなどの装飾品も山のように積まれている。喜びより先に、困惑が勝った。

時間が過ぎるごとに、何かにせき立てられているような焦りを感じた。

私がここですべきことは、何なのだろう。

恵まれているのだとは思う。

けれど上質な襦裙も、輝かしい宝石も、広々とした瑠璃宮も、すべて自分の力で勝ち取ったものではない。

浩然に気まぐれで与えられただけのものだ。

皇帝の寵愛《ちょうあい》を受けている妃を、寵妃《ちょうひ》というらしい。しかし寵妃でいられるのは、皇帝の気持ちが冷めるまでの間だけだ。

だからすべてがうそ寒く、ある日「もう興味がなくなった」と言って、突然取り上げられてしまったとしても仕方がないと思う。

翌日、私は麗孝に頼み、浩然に会いたいと申し出た。

皇帝陛下は忙しいらしいが、その日の午後時間を作ってくれたので、浩然が瑠璃宮に来ると言う。

麗孝にお礼を言うと、彼は焦った様子で言った。

「アタシもまさか陛下が簡単に頼みを引き受けてくれるなんて思わなかったわ！　あのね、陛下がわざわざ妃の部屋に出向くのなんて、天変地異が起こるような珍しいことなんだからねっ！　分かってるの⁉」

「ああ、それでか……」

なんだか瑠璃宮の周囲にずいぶん妃嬪が集まっていると思った。おそらく噂を聞きつけた妃嬪が様子をうかがっているのだろう。皇帝の影響力の大きさに感心するのと同時に、面倒だとも思った。

立ち去り際、麗孝は私を見下ろしてふっと微笑んだ。

「何？　おかしいことでもあった？」

「ううん、ちょっとだけ明るい表情になったじゃない、神子様。いいわねぇ、やっぱり女の子は笑顔が一番よぉ」

私はその言葉に、小さく笑った。

麗孝がいなくなった後も、入れ替わり立ち替わり色んな妃嬪たちが様子を探っていた。

落ち着かない心地で過ごしているうちに、午後になる。

私の部屋を訪れると同時に、浩然はぶっきらぼうに問いかけた。

「何か用か、神子」

「ええ、頼みがあるの、浩然」

すると、浩然は少し面食らったような表情になる。

何かおかしなことを言っただろうか。

他の人の感情の色は見えるけれど、相変わらず浩然の色は見えない。今日も彼は、輝くような白に包まれている。

「……いや。俺をそんな風に呼ぶのは、この城でお前ひとりだから少し驚いた」

確かに。一国の皇帝に対して、あまりにも失礼な態度だったかもしれない。

私は昔読んだ後宮小説を思い出した。気の短い皇帝なら、即座に斬首《ざんしゅ》されてもおかしくない。

「えっと、陛下？　主上《しゅじょう》？　大家《たーちゃ》という呼び方もあったかな」

「いや、ふたりの時は浩然でいい」

無表情だけれど、別に怒っているわけではないようだ。

「私、仕事が欲しい」

そう頼むと、浩然はあっさり言った。

「別に神子は働かなくていい」

「でも、なんだか身体が鈍るというか、申し訳ない気持ちになる。何かさせてもらえると嬉しいんだけど」

「珍しい女だ。後宮の妃嬪は、毎日琴《こと》を演奏したり茶会を開いたりしているぞ」

「私の性《しょう》に合わないもの」

浩然は真剣な顔でしばらく悩んだ後、私に問いかけた。

「何か、好きな物はあるか？」

「え、好きな物？　それは、趣味ということ？」

「そうだ」

私は考え込む。

「ええと……。本を読むのは好きだけど」

昔から、読書は好きだった。

叔父と叔母の家で暮らしている時、自由に使えるお金はなかったので、趣味は専《もっぱ》ら読書だった。

長期の休みは図書館や学校の図書室で何冊も本を借りて、それを読みふけるのが至福の時間だった。

読書をしている間は誰にも邪魔されず空想にひたれたし、余計なことを考えずにすんだ。空腹も孤独も打ち消すことができたから、昔から本は好きだ。

「それなら、後宮書庫の整理はどうだ？」

私は瞳を輝かせ、身を乗り出す。

「ここにも書庫があるの？　それならぜひ、書庫の整理を手伝わせて。それと、もしよければ、その書庫の本を読んでもいい？」

「ああ、いいぞ。どうせ、利用者もあまりいない。では、書庫の管理をしている者に伝えておく。いつでも、好きな時に行けばいい」

「ありがとう、浩然」

お礼を言うと、浩然はふっと笑みを作った。

もしかしたら、浩然が笑ったのを初めて見たかもしれない。思わず心臓が鳴る。

悔しいが、顔がいい人が笑うとそれだけで気分が華やぐ。

「どうして笑ってるの」

「いや、本当に本が好きなのだと思ってな」

「うん、好き」

「ならいい」

そう返事をして、浩然は去って行った。

相変わらず素っ気ないけれど、私の頼みを聞いてくれたし、悪い人じゃないんだろう。

浩然と話が終わると、ひとりになりたかった私は侍女が同行すると言うのを断って、後宮の中を散歩することにした。

入ってはいけない場所もあるらしいが、穏やかな海が頭上に見える廊下を歩くだけで気分転換になる。

何度見ても、仕組みが分からない。海の中にある城なのに、呼吸もできるし水に濡れることもない。

行く先も決めずにのんびり歩いていると、建物の陰から厳しい声が響いた。

「ちょっとあなた、また桶《おけ》の水をひっくり返したの⁉　本当に鈍くさいわね！」

驚いて、思わず声がした方へ注目する。

いつも叔母に罵られていたから、怒られている声を聞くと反射的に自分に向けての言葉だと思ってしまう。悲しい習性だ。

だが、当然今叱責《しっせき》されているのは私ではなかった。

「申し訳ございません」

そう言って、女性たちの中で一際小柄な少女が頭を下げ、さらに小さく小さく縮こまっている。

「その上白陽国の宝である、白龍の水墨画を破るなんて！」

「ひどい、こんな風に破れてしまってはもう修復できないわ」

何やら、大切な絵が破れたと騒動になっているようだ。

彼女たちの感情は、怒りで赤く染まっている。

「ですが、それはあたしのせいじゃ……」

小柄な娘が何か言おうとしているのを遮《さえぎ》り、周囲の女たちが容赦《ようしゃ》なく大人数で、少女を責め立てる。

「充儀《ジュウギ》、彼女に責任を取らせるべきですわ！」

侍女に続き、近くにいた優しげな女性に矛先がうつる。

「そうですわ、孫《ソン》充儀、蓮華《レンゲ》の行いを許すわけにはいきません！」

「この子、この間だって大切な襦裙を汚したのですよ！」

「このままでは、いつかもっとひどいことをしでかして、あなた様の立場も危うくなりますわ」

「そうです。孫充儀、責任を取らせて、この娘を解雇なさるべきだわ！」

孫充儀と呼ばれた女性は、他の宮女たちとは服装が違う。

おそらく彼女がこの騒動にいる女たちの中で、一番位が高いのだろう。

にも関わらず、気が弱いからか、周囲の女たちに言われ放題になっている。

孫充儀は弱りきった顔で、申し訳なさそうに頭を下げた。

「……分かりました。胡《コ》蓮華。度重なる失敗を、これ以上看過《かんか》できません」

「違うのです、孫充儀！　それは、あたしのせいでは……！」

蓮華と呼ばれた小柄な少女が必死に弁解しようとするが、孫充儀は聞く耳を持たない。

蓮華の感情の色は、悲しみの青だった。嘘を隠そうとしている感じはない。

きっと濡れ衣なのだろう。私はぎゅっと歯を食いしばる。何とか証明してあげたいが、私は何も証拠を持っていない。

「今をもって、あなたは私の宮女ではなくなりました。さよなら、蓮華」

「そんな、待ってください、お願いです、話を聞いて！」

孫充儀は振り返ることなく侍女たちを連れて、その場を去って行く。

その場に残った数人の侍女たちが、意地悪な声で蓮華を責め立てた。

「あら、それでは蓮華は、もう宮女でも何でもない、罪人ね」

「さっさと田舎に帰りなさい！」

「そうよ、すぐに荷物をまとめて後宮から出て行きなさい！」

悪意の感情を表す灰色の靄が、彼女たちの周囲に漂う。

いつ見ても、悪意の感情は苦手だ。

集団になると、どうして人は自分が正しいと思い込んでしまうのだろう。

蓮華は背中を突き飛ばされ、床に転んでしまう。

胸がぎゅっと苦しくなった。

蓮華が侍女たちに囲まれ、寄ってたかっていじめられている姿が、過去の自分の姿と重なった。

叔母の仕打ちに対して、周囲の人たちは皆見ないふりをしていた。気が付かないふりをして無視される辛さは、身をもってよく知っている。

関係ないことに口出しすべきでないのは分かっているが、黙って見過ごすことはできなかった。

私は侍女たちに気づかれないように、そっと蓮華を助けようとする。

しかし彼女に近づこうとする足音で、あっさり見つかってしまった。

全員の視線がこちらに集まる。

蓮華をいじめていた侍女が、不愉快そうに私を睨む。

「何、あなた。関係ない人間は引っ込んでなさい」

「確かに私には関係ないかもしれないけど……。こんな小さな子を寄ってたかっていじめるなんて、卑怯《ひきょう》じゃない？　少しは彼女の話を聞いてあげたら」

「は？　あなた、一体どういうつもりで……！」

言い返そうとした侍女の背後にいた少女が、焦った様子でそれを止める。

「ね、ねぇ。まさか、この人神子様じゃないの!?」

「え!?」

彼女たちはひそひそと相談する。

「だからって、私たちが引き下がる必要は……」

「でも、神子様は四夫人より上だって噂もあるわ」

言いたいことがあるなら、直接話せばいいのに。

「ねぇ、もう行きましょうよ」

「そうね。仕事があるので、失礼します」

私の立場が分からないので危険だと考えたのか、彼女たちは悔しそうな顔をして逃げるように立ち去って行った。

一応、難は去ったようだ。

私は溜め息をつき、座り込んでいた蓮華という少女に手を差し伸べる。

「あなた、大丈夫だった？」

よくよく見ると、本当に幼い顔立ちの少女だった。

ぱっちりとした瞳、くるりと上向きの睫毛《まつげ》、小さな唇にふっくらとやわらかそうな頰《ほお》。十二、三歳くらいに見える。

私は驚いて目を見開いた。

――彼女の顔立ちが、妹にそっくりだったからだ。

「神子様？」

黙り込んだ私に、少女はか細い声で言う。

「あなたは異世界の神子様、ですよね」

彼女とは一度も会話したことがないのに、どうして一目で分かったのだろう。

そう考えているのが伝わったのか、少女が答える。

「他の妃とは襦裙や宝石の種類が違いますから。特に、白い龍を模《も》した装飾品をつけることが許されているのは、皇后様だけです。ただ白陽国には皇后様はいらっしゃらないので、それならおそらく神子様だろうと」

私は素直に感心した。こちらの疑問を読み取って答えてくれるなんて、頭の回転の速い子だ。

彼女がびくびくしている様子なのが気に掛かった。心の色も、恐ろしさで真っ青に染まっている。

「あの、ごめんなさい。何だか余計なことをしてしまったかも」

すると彼女はぶんぶんと首を横に振った。

「いえそんな！　神子様にお気遣いいただくなんて、光栄の極みです！　それにあたし、解雇されてしまったので。神子様が気にするようなことは、何もありません。あはは……」

そう乾いた笑みを漏らすのが痛々しい。

「あなた、蓮華って呼ばれていた？」

「はい。胡蓮華と申します」

「あなた、解雇されたの？」

「はい」

「ここでは仕事がなくなると困るのよね？　後宮を追い出されてしまうのでしょう？」

蓮華がしゅんと肩を落とす。

「はい、確かに困ります。実家はあまり裕福ではありませんし、あたしが給金を送ってやっと生計をたてていますので。あたしの仕事がなくなると、本当に困ります。とはいえ、どうしようもないことですから……」

それを聞いた私は、こくりと頷いた。

「それならもしよかったら、私の侍女になってくれない？」

蓮華は目をパチパチと瞬かせる。

「……えっ？　もしかしてそれ、あたしに言っているんですか？」

「えぇ。もちろん、蓮華にお願いしてる。あなたが迷惑でなかったらだけど」

「め、迷惑なんてそんな！　神子様の侍女になんて、なれるなら、それはもう大出世ですし、ありがたいですけど」

正直な子だ。思わず笑ってしまいそうになった。

私は蓮華に右手を差し出して言った。

「新しい侍女を入れたらどうかって、麗孝から言われていたの。だからあなたが私の宮で働けるよう、頼んであげる」

蓮華はまだ半信半疑という表情で、おずおずと手を取った。

私は蓮華を瑠璃宮へと案内する。

「ここが今日からあなたの住む場所よ。侍女たちはこちらの部屋を使うように麗孝から言われているの。足りないものがあったら、声をかけてちょうだい。荷物は、宦官に言って運んでもらいましょう」

新しい部屋を見た蓮華は、歓喜の悲鳴をあげた。

「すごい、さすが神子様の宮です！　広くて綺麗……」

喜んでいるようで何よりだ。

それから私は、自分の部屋に蓮華を呼んだ。

今は他の侍女は部屋に入らないようにと言いつけているため、ここにいるのは私と蓮華のふたりだけだ。

お茶でも一緒に飲みましょうと声をかけると、蓮華はぎくしゃくとした動きで、茶《ちゃ》杯《はい》にお茶を淹《い》れてくれた。

「ど、どうぞ、神子様」

「ありがとう」

私はその茶杯を手に取り、茶葉の香りに目を閉じる。

「うん、とっても良い香り」

蓮華は向かいの席に座り、ぎくしゃくした様子で問いかける。

「あの、どうして神子様は……」

「その呼び方、堅苦しいでしょ。私も馴染まないし、澪でいい。自分の部屋でくらい、のんびりしたいもの」

蓮華は困惑した様子だったけれど、やがてこくりと頷いて言った。

「は、はい。それでは澪様。異世界から来られたって本当ですか？」

「ええ、気づいたらここにいたの。少なくとも、元々いた世界とは違うわね」

それを聞いた蓮華は、感動したように溜め息をつく。

「そうなんですか、本当に！　やっぱり澪様は、少しこの国の妃嬪たちとは雰囲気が違いますね」

「確かに常識外れなことを色々しているんだと思う」

そう答えると、蓮華はにこりと微笑んだ。その笑顔が愛らしくて、つられて笑ってしまう。

「でもそれは、澪様の素敵なところだと思います」

「ありがとう」

私は瑠璃宮の窓から外を眺める。この部屋からでも、色とりどりの魚たちが泳ぐ様を存分に眺めることができた。

「ここは本当に不思議な場所ね。海の中にあるお城なんて、物語の中だけの話だと思っていた」

「確かに息をするのも忘れるくらい、幻想的で美しい場所です。ただあたしたちは、ここから永遠に出ることができないと思うと、ちょっと複雑ですよね」

「一生出ることができないの？」

「ええ。後宮に入った女は、基本的にこの城から出ることはできませんよ。もちろん、皇后様になれば別ですし、許可を取れば実家に里帰りくらいはできますけれど。脱走なんてしようものなら、普通の人間はあっという間に溺れて海の藻屑《もくず》になってしまいます」

私は既に脱走しようとして海の藻屑になりかけた身だと言えば、きっと蓮華はたいそう驚くだろう。

この城が海の中にある理由のひとつをしみじみと理解する。

この城から誰ひとりとして、脱走しないようにするため。

美しい檻の中に千人以上の女たちが閉じ込められているのだと考えると、後宮は改めて異質な場所だと感じた。

「確かにここは摩訶《まか》不思議だし恐ろしいこともありますが、それでも上の権力争いや陰謀に足を突っ込まなければ、平和に暮らせますよ」

蓮華の笑みは、どこか諦めが混じっている気がした。

それから蓮華は、緊張した面持ちで言った。

「あの、澪様はどうしてあたしを侍女にしようと思ったのですか？」

丸い瞳が興味深そうにこちらを見ている。その様はまるで小動物のようだ。

「その、あたし間抜けですし、いつも失敗ばかりしているので。追い出されても、当然だと思っていたので」

「私、妹がいたの。残念ながら、事故で亡くなってしまったけど。その妹が、蓮華にそっくりで。何だか蓮華を放っておけなかった」

きっと、何もかもそっくりというわけではない。よくよく見比べれば、そこまで似ていないかもしれない。

それでもいつも私の後ろをついて来たかわいい妹の姿と重なって、どうしても蓮華がいじめられているのを見過ごせず、侍女にスカウトしてしまった。

「そうだったんですね」

「うん。それに、嘘偽りなく本心を話してくれそうだから。私、この国に来たばかりで、本当に何も分からないの。だから、貼り付けたような本心ではない笑顔でお世辞を言う侍女より、きちんと言うべきことを言ってくれる人を一番側におきたいと思って。そもそもあなたは、どうしてあんな風に孫充儀？だったっけ。彼女の侍女にいじめられていたの？」

私は先ほどのことを思い出し、憤《いきどお》った声で言う。

「あなたの話も聞かないで、とても公平だとは思えない行いだった」

蓮華は困ったように目尻を下げる。

「いつものことなんです。充儀の侍女のひとりが、あたしのことを嫌いらしくって。そのうち他の侍女を味方につけて、失敗したことを全部あたしのせいにして、押しつけるようになってきて」

彼女の言葉には、やはり嘘はないようだ。隠し事をしている色は見えない。

「そんなの許せない。抗議しなかったの？」

「最初は、きちんと違うと言っていたんです。けれど、何度言っても分かってもらえないので、いつの間にか諦めてしまいました。あたしは実家も貧乏で、力もありませんし。充儀の侍女として拾ってもらえたのも幸運だったので、ありがたいと思いこそすれ、怨《うら》んではいません」

どう慰めていいか分からず口籠もっていると、蓮華は明るく笑って言った。

「それに、侍女を辞めさせられるのと同時に、こうして澪様に出会えたのですから！今考えると、それもすべて導きだったのかもしれません」

蓮華の前向きな様子にほっとして微笑んだ。

まだ出会ったばかりだけれど、蓮華といると元気をもらえそうな気がする。

蓮華は茶杯に追加の茶を注いだ。

私は蓮華に問いかける。

「よかったら、この国のことや、後宮のことを教えて。私、本当にここのことを何も知らないの。麗孝と話せる時は、麗孝にもたずねているんだけど」

「はいっ、あたしに分かることなら、もちろんです。どこから教えればよいのでしょう？」

「そもそも後宮って、どんな場所なの？」

蓮華は困ったように眉を寄せる。

「えっと、この後宮には、陛下の御子を生むために、千人以上の妃がいます」

「そういえば、最初に皇帝に会った時に、そう話してた」

そして、彼はその誰ひとりにも興味がないとも言っていた。

「はい。けれどどこの後宮に、陛下の寵愛を受けた妃はひとりもいません。ほとんどの妃は謁見すらできずに、その生涯を終えることになります」

「そうなんだ……。なんだかもったいない。美しい女性がたくさんいるのに」

「確かにそうですね」

私は元々色恋沙汰には興味がない。叔父と叔母の家では恋愛をする余裕などなかったし、恋人を作ることも許されなかった。

だがもし自分が皇帝の立場だったら、綺麗な女性が大勢いたら、それだけで浮かれてしまいそうだけど。

千人以上妃がいて誰ひとりお眼鏡にかなわないなんて、とんでもなく理想が高いのだろうか。

……ありえる、あの美形だし。

もしくは、そこまで頑なのには何か別の理由があるのだろうか。

「その千人の妃たちの食事や服など、生活にかかる費用は、皇帝が出してるんでしょう?」

「そうです。後宮の妃はもちろん、お世話をしている侍女や宮女に至るまで。それに、この後宮には内官《ないかん》、宮官《きゅうかん》、内侍省《ないじしょう》ってところがあって、そこで暮らしている人間も含めると、一万人くらいいるんじゃないでしょうか」

「一万人もの人間が、後宮で暮らしているの? 想像できない」

だとすれば、全員の食料をまかなうだけでも、どれほどの大金が必要なのだろう。

しかも、上級妃となれば豪華絢爛な暮らしだ。

私もここに来た時、宝石や襦裙をたくさんもらった。あまりに規模が大きすぎて、想像もつかなかった。

蓮華は身を乗り出して話した。今までは遠慮がちだったが、少しずつ私に慣れてきたのだろう。

「澪様が突然神子として後宮に現れたことで、どこもかしこも大変な噂になっていたんですよ」

「それってやっぱり、珍しいことなの？」

「珍しいなんてものじゃないです！」

蓮華は拳を握って熱弁する。

「後宮での序列は、厳格に定められています！　まず、一番高位なのは、もちろん皇后様です」

「皇后っていうのは、皇帝の正妻《せいさい》よね。この国に皇后はまだいないんでしょ？」

「はい。だから、実質その次の四夫人が、正一品《しょういっぽん》です。貴妃《きひ》、淑妃《しゅくひ》、徳妃《とくひ》、賢妃《けんぴ》の順です。その次の九嬪《きゅうひん》が正二品《しょうにほん》。それから倢伃《しょうよ》が九人、美人《びじん》が九人と続いていきます」

「ほんとうに、覚えきれないほどの地位があるんだ」

「ですが、神子様の序列は四夫人に並ぶとも、それ以上だとも言われています。つまり澪様が、この後宮の中で一番皇后に近いということです」

思っていた以上に大事で、胃がキリキリしてきた。

「信じられない……。どうして私が？」

「異世界からの神子様は、龍神の間で特別な意味を持っています。でもそれより大切なのは、陛下が興味を持たれたということではないでしょうか」

「私に興味を持った？」

「はい。今まで陛下は、この後宮の誰ひとりにも、興味を示しませんでした。だけど、澪様への態度は、他の妃とは明らかに違うという噂です。陛下が自ら澪様の命を助けられたというのは本当ですか？」

「それは、本当だけど……」

蓮華は嬉しそうに瞳を輝かせた。

「やっぱり！」

「でも特別扱いされているようには思えないよ」

蓮華はどこかうっとりした様子で言った。

「澪様は、後宮に妃として選りすぐって集められた妃嬪たちに負けず劣らず美しいですから」

私は浩然の冷たい瞳を思い出す。彼の瞳は冷淡で、人間には手の届かない、絶対的な強さを纏っていた。

浩然が誰かと恋に落ちるところなど、ちっとも想像できなかった。

それから私は、蓮華と一緒に城の中を散歩することにした。

城中を歩いている途中、初めて出会った時とは別人のように真剣な様子で話している浩然の姿を見かける。彼の後ろには、いつものように麗孝が控えていた。

浩然も私の姿に気が付いたらしく、声が届く距離ではないものの、互いの視線が重なった。

内心身構えるが、彼はそのまま視線をそらし、忙しそうに歩いていってしまう。

ほっとしたような、拍子抜けしたようなだ。

「真剣な顔をしてた」

「陛下はお忙しい方ですから」

蓮華はキラキラと瞳を輝かせて言う。

「陛下は、とても民《たみ》思いの方なんです！　陛下が即位されてから、民の税は軽くなり、ずいぶん生活しやすくなったんです。先代の皇帝陛下は、厳しい方だったので。なので陛下はこの国の人々に愛されているんですよ」

「そうなの」

少し意外だった。

妃嬪に興味を持たないし、浩然は国民にも興味がないのかと思ったけれど、仕事はきちんとやっているらしい。

浩然は外に用事があるらしく、門を開かれ、城の外へと姿を消した。

重厚な門を、見張りの衛兵たちが数人がかりで閉じてゆく。

その門の向こうは、私の知らない世界だ。

この城の外には、どんな世界が広がっているのか、想像もつかなかった。いつか外の世界を見られる日は来るのだろうか。

「この国のすべてが、あの人のものなんだ」

「もちろんです。この後宮だけでなく、白陽国のすべてが。そして澪様が皇子《おうじ》を生んで皇后様になれば、この国はゆくゆくはあなたのものです」

「そんなことには、どう間違ってもならないだろうけど」

弱々しくそう呟いた私を、蓮華が奮い立たせる。

「可能性がないどころか、いつそうなってもおかしくですよ！　今、一番皇后様に近い場所にいるのは、澪様なんですから！」

「……そんなの考えただけで、荷が重くて目眩《めまい》がする」

◇◇◇

数日後。蓮華が私の侍女になったという話題は、すぐさま後宮中に広まったようだ。

蓮華のことを羨《うらや》んだり、悔しがったりしている宮女も多いらしい。

私は噂の伝わる速さに閉口する。

さすが、女だらけの園だ。

きっとそのせいだろう。

ここ何日か、私のいる瑠璃宮の周囲に魚の死骸《しがい》をばらまかれたり、ゴミを積まれていたりする。生臭い匂いが鼻につき、思わず溜め息が漏れた。

犯人はおそらく蓮華をいじめていた侍女たちだろうとは思うが、証拠がないので問い詰めることができないのが歯がゆい。

瑠璃宮の侍女たちは青ざめながら私のことを心配してくれた。

蓮華は気落ちした様子で項垂《うなだ》れる。

「申し訳ありません、澪様。やっぱり私、澪様の侍女をやめた方がいいと思います。澪様に迷惑がかかってしまいますから……」

私は蓮華の肩を軽く叩《たた》いて彼女を元気づける。

「何言ってるの。嫌がらせで蓮華が出ていったんじゃ、向こうの思うつぼじゃない。こんなの全然気にしてないから、蓮華は私の側にいてくれればいいの。分かった？」

その言葉に、蓮華は瞳を輝かせた。

「澪様……。そうですね、あたしの今の夢は澪様が皇后様になるのを見届けることですから！　そのために身を粉にして働きます！　あっ、お掃除あたしがやります！」

そう言って、蓮華は慌てて箒を取りに行った。

掃除が片付いた後、蓮華は私の身支度を手伝ってくれた。

鏡台の前に座った私の髪を、嬉しそうに梳《す》いている。

蓮華は手先が器用で、髪の毛を結んだりするのが好きなようだ。後宮には髪を結う専門の女官《にょかん》もいるが、蓮華の方が上手だった。

「澪様、今日の髪型はどうしますか？」

「そうね、何でもいいけど……」

「そろそろ陛下のお召しがある頃じゃないですか？」

「お召しって？」

「一夜を共にすることです！」

その言葉に、ぎょっとして椅子から転げ落ちそうになる。

「そういう誘いが来るものなの？」

「はい、通常の後宮でしたら」

「そっか、そのための後宮だもんね」

「ですが、陛下が今までこの後宮で妃嬪と閨を共にしたことは、まだ一度もないのです」

その言葉にほっとした。それなら、きっと今後もないだろう。

「常に万全の態勢で挑まないとですね！　扇型に髪の毛を盛りましょう」

「あまり派手じゃない方がいい」

蓮華は真に迫った口調で言う。

「何てもったいない！　絶対に澪様に似合いますし、華やかな装いができるのは、上級妃の特権ですのに！」

確かにそう話す蓮華は、髪の毛をひっつめて季節の花飾りをつけただけの地味な髪型だ。侍女たちがあまり華やかな装いをすると、仕える主人に対する反逆を意味することが理由らしい。

「私は気にしないから、蓮華ももっと華やかにすればいいのに。でも私がよくても、他の人たちの目が厳しいのか」

「そうなんです。なので、あたしたちのことはどうかお気にせず。さて、澪様、今日はどちらの髪飾りにしましょうか。似合いそうなのは、翡翠《ひすい》でしょうか。でも、玉《ぎょく》帯《たい》に合わせて、こちらの色の飾りも捨てがたいですね」

そう言って、真剣にあれでもないこれでもないと飾りを入れ替える。

「よく分からないから、蓮華に任せる」

そう言うと、蓮華は私の髪に輪を作り、器用に編み上げて簪を挿してくれた。

できあがった髪を見て、素直に感心する。

「蓮華って、本当に器用ね。私、自分では絶対にこんな髪型できないもの」

そう褒めると、蓮華は嬉しそうに歯を見せて笑った。

「えへへ、手先の器用さだけは自信があるんです」

その後、特にやることがなかったので、私は後宮書庫に向かった。

浩然は、私に後宮書庫の仕事を与えてくれると言っていた。

そろそろ話が通っている頃合いだろう。

後宮書庫の入り口には、地味な色の服を着た宦官が立っていた。

目が合うと、宦官は淡々と言った。

「あなたが神子様だね」

「ええ。どんな仕事をすればいいの?」

「陛下から話はうかがっています。とりあえず、書物を巻数順に並べてください。あとは、好きにしてかまいません」

あまりやる気がないようだ。

もっと色々やることがあるのではないかと期待していたから、拍子抜けだ。

「分かったわ、ありがとう」

お礼を言うと、私はさっそく書庫の中へ入る。

そして待ち受けていた光景を見上げ、小さく歓声をあげた。

「すごい本の数！」

貴重そうな本が、壁を覆い尽くすほどの本棚にぎっしり詰まっていた。

書庫はずらりと続いていて、ぱっと見ただけでも、一生かかっても読み尽くせないのではないかと思ってしまうくらい、膨大な数の本があるのが分かった。

本好きからすると宝の山だ。

私は周囲をキョロキョロと見渡した。

どうやら利用者はひとりもいないようだ。

後宮の宮女たちは、あまり本を読まないのだろうか。浩然も、そんなことを言っていた気がする。もったいない。

一番心配に思ったのは、この世界の文字が読めるかということだった。

私は近くにあった書物を選び、パラパラとめくってみた。

しかし、問題なく頭の中に内容が入ってくる。

知らないはずの文字なのに、どうしてか理解できる。

もっとも、この国の言語だって習わずとも話せたから、薄々こうなるのではないかという予感はあった。

神子の加護なのか、それとも龍神様の加護なのかは分からないが、便利なので当然文句はない。

私は数え切れないほどの本をうっとりと見つめた。

「わあ、どれから読もう！」

時代も現代でない、異国の物語。きっと私が読んだことのない新鮮な話がたくさんあるのだろう。

想像するだけで胸がときめく。

そう考えながらつい本を選びそうになって、ここに仕事をするために来たのだと思い出す。

とりあえず本を巻数順に並べればいいと言われたので、バラバラに入っている本を一冊ずつ並べる。

「この物語は、タイトルからして冒険小説みたい。百五十巻まであるんだ。読み応《ごた》えがありそう。こっちは龍が主人公の話か。やっぱり、この世界の人たちには龍が馴染み深いのかな」

そんなことを呟きながらある程度本を整理した後は、椅子に座り、好きな本を選んで読ませてもらうことにした。

それから数日は、暇があれば書庫に通い、専ら読書をしていた。

それに書庫で本の整理をしている間は、少しは役に立てているような気になれた。

元々利用者があまりいないようだから、本の整理も別に必要ないのかもしれないけれど……。

本好きからすると、読み尽くせないほどの書架《しょか》があるのはとにかく嬉しい。

昨日借りて部屋で読破した書物を返却し、また新しい書物を借りて、ほくほくしながら書庫を出る。

いつも蓮華がつきそうと言ってくれるけれど、ひとりの方がゆっくり本を選べるので、書庫に向かう時は同行しなくていいと話している。

身の危険がないかは常に注意を払うべきだと思うけれど、敵意がある人間が近づけば心の色を読めば分かるし、一応入り口には見張りの宦官も立ってくれているので大丈夫だろう。

「とはいえ、この冊数は無理があったかな。やっぱり蓮華に頼んで一緒に本を持ってもらった方がよかったかも」

十冊近い書物を抱え、後悔しそうになる。

今読んでいる小説のシリーズが面白すぎるのが悪い。

三百巻近くある大作で、主人公は一見弱々しい老人なのだけれど、実はすごい仙《せん》術《じゅつ》の使い手で、悪者をどんどん倒していくという爽快な物語だ。内容はワンパターンなのだが、ついつい続きが気になって読んでしまう。

そもそも毎日来られるのだから、欲張って借りすぎなければよかった。

私が本を抱えてふらふら歩いていると、背後から落ち着いた声が聞こえた。

「ずいぶんたくさん書物を抱えているのだな。手伝ってやろうか？」

聞き覚えのある声に振り返る。

彼の顔を見た瞬間ぎょっとして、床に書物を落としてしまった。

「ほら、落ちたぞ。お前、ひとりでこんなにたくさん本を読むのか？」

そこにあまりにも自然に浩然が立っているものだから、驚いて当然だ。

白い服はシンプルだが、一目で生地が上質な物だと分かる。金色の刺繍が細かくあしらわれ、彼の上品さを引き立てていた。

銀色の長い髪も、白い肌も、赤い瞳も、相変わらず作り物のように完璧で美しい。

「浩然。どうしてここにいるの？」

「今、麗孝から逃げているんだ」

「麗孝から？」

「あぁ。仕事をしろ、仕事をしろと言われてな。朝からずっと仕事をしているにも関わらずだ。だから匿《かくま》ってくれ」

この人でも、そんなことがあるのか。

「仕事はきちんとした方がいいんじゃないの？」

そう答えると、浩然は嫌そうに眉を寄せる。

「お前、俺の敵に回るのか？」

「いえ、別にどちらの味方でも敵でもないけど」

「そこは俺の味方だと言っておけ」

浩然はぶつぶつ文句を漏らしながら、しっかりと私の落とした書物を拾って持ってくれる。

「あの、浩然、私ひとりで大丈夫」

この世界の常識はまだ分からないことだらけだが、さすがに皇帝に荷物持ちをさせるのが不敬だということくらいは分かる。

しかし彼は引く様子がない。

「いい、いい。ついでだ。瑠璃宮まで運んでやろう」

そう言って、スタスタと歩き出してしまう。

一見冷たそうだけれど、仕事が欲しいという要望も聞いてくれたし、こうやって気に掛けてくれるし、冷たい人ではないのだろう。

「どうだ、この世界での生活は。慣れたか？」

「ええ。浩然のおかげで、本も毎日たくさん読めて……楽しく暮らせてる」

その言葉を聞いた浩然は、少し眉をひそめた。

「他の妃から何かされているのか?」

私は驚いて目を瞬いた。

「えっ? どうして?」

「後宮では、妃同士の争いごとがよく耳に入る。澪も巻き込まれているのではないかと思ったんだ」

連日続いている瑠璃宮への嫌がらせのことを思い出し、私が少しだけ言い淀んでしまったのに気が付いたらしい。鋭い人だ。

叔父の家にいた時の仕打ちに比べれば、このくらいの嫌がらせは何でもない。私が心配なのは、それを気にしてしまう蓮華のことだ。

「えっと……何もない……。と言うと、嘘になるかな……」

「俺にできることはあるか? お前を守りたい」

浩然が気づかってくれているのが伝わり、自然と笑顔になった。

私は首を横に振る。

「心配しないで。気持ちは嬉しいけど、浩然が出てくると、きっとさらに嫉妬されるだろうし」

浩然は難しい顔で唸《うな》る。

「それもそうか」

「うん。私だけで解決できる」

「分かった。だが、どうしようもない時はいつでも俺に言ってくれ」

「うん、ありがとう。でも本当に気にしてないの。書庫にある素晴らしい本のことを考えていれば、気持ちも明るくなるから」

そう答えると、彼は低い声でくっくっと笑う。

「俺が贈った宝石などより、書物が気に入ったか」

確かにあれだけたくさん下賜品を贈られたのに、それより書庫が気に入ったと話せば、気分を害するだろうか。しかし浩然は楽しそうな様子だ。

「どうした？」

「いえ、その、浩然って笑うんだなって思って」

「俺だって、面白いことがあれば笑いもする」

そう言った後、自分でも驚いたように呟いた。

「とはいえ、皇帝になってからこんな風に会話ができるのは、この国では麗孝くらいだからな。そういう意味では、新鮮かもしれない」

その言葉を聞いて、皇帝も色々大変なのだなと思った。

結局浩然は、しっかり私の部屋まで本を運んでくれた。

「ありがとう、浩然。お礼にお茶でも飲んでいく？」

「いや、今はいい。またの機会にしよう」

去り際、彼は正面からじっと私のことを見下ろした。

私も彼の顔を、しっかりと見つめる。

浩然の顔はやはり端正《たんせい》で、どこか人間離れした雰囲気があると思う。

「近々、お前を俺の寝所《しんじょ》に呼ぶ」

「え？　それって、どういう……」

その言葉に返事をする前に、少し離れた場所から麗孝の声が聞こえ、浩然は早足で去って行った。

四章　浩然の誘い

翌朝、いつものように部屋で蓮華に身支度を整えてもらっていると、久しぶりに麗孝が現れた。

「おはよう、神子様！　素晴らしい朝ね！」

麗孝はキラキラと輝くような笑顔だった。全身に喜びの黄色いオーラを纏っているが、そんなものを見なくても、彼が上機嫌なのは一目瞭然だった。

「麗孝、なんだか機嫌が良さそう。いいことでもあったの？」

麗孝は両手を合わせて嬉しそうに笑う。

「それはもう！　奇跡が起こったんだもの！」

「奇跡って？」

麗孝はまるで別人のように改まった口調になり、こちらを見据えて言った。

「神子様。あなたに陛下より、夜伽《よとぎ》の命が下りました」

突然そう告げられた私は、目をパチパチと瞬かせた。

「え？」

昨日去り際、浩然が私を寝所に呼ぶと言っていたのは、間違いじゃなかったということだ。

その命を聞いた蓮華は、麗孝同様瞳を輝かせ、自分のことのように飛び跳ねて喜んだ。

「わぁ、本当ですか!?　すごいですっ！　澪様、おめでとうございます！」

そういえばこの後宮にいる妃は、全員皇帝の子供を生むためにここにいるのだ。

浩然はあまりにもそういう素振りがないから、後宮の妃たちはのどかに楽器を奏でたりお茶会をしてばかりだ。そんな調子だから、すっかり忘れていた。

でも浩然は、この後宮の誰ひとりにも興味を持たないという話ではなかったのか。

まさか千人以上の美しい妃がいるのに、自分にその役割が回ってくるなどとは夢にも思っていなかった。

私は数秒黙り、それから麗孝に問いかけた。

「いや……そんなこと、急に言われても困る。それ、断れないの？」

すると麗孝は目を剥《む》いて、私の肩をガクガクと揺さぶって言う。

「あんたねぇ、何莫迦なこと言ってるのよ！　皇帝は今まで、この後宮の誰にも興味を持たなかったのよ！」

「私もそう聞いてる」

だから今まで安心していたのに。

「その陛下が、アンタを初めて部屋に招くって言ってるの！　どれだけすごいことか分かる!?　この機会を逃したら、二度とないかもしれないわ！　お願いだから、白陽国の未来のために、とりあえず話だけでもしてきなさいっ！　お願いだから！」

隣にいた蓮華も、瞳を輝かせて麗孝に加勢する。

「そうです、陛下から夜伽の命が下るのなんて、前代未聞なのですよ！　すごいです！　本当に。今まで、一度もなかったことなんですから！　これで御子を授かれば、澪様は皇后様ですよ！　あたし、澪様が皇后様になるのを見たいです！」

蓮華が心から私の幸せを願ってくれているのは、感情の色で伝わる。

しかし私からすると、ほとんど知らない人の子供を産んで皇后になることが幸せだとは思えなかった。

日本と白陽国と、暮らしている人々の価値観が違いすぎるのだから仕方のないことだとは思う。

麗孝は圧を感じる声で告げた。

「それじゃ神子様、頃合いを見計らって迎えに来るからね。数時間おきに、見張りにくるからね。逃げたら許さないわよ。いい、絶対に部屋にいるのよ。お願いよ。絶対に絶対よ！」

隣にいた蓮華が、真剣な表情で深く頷く。

「ご安心ください。あたしが責任を持って澪様を見守っています！」

「ええ、任せたわよちびっ子」

それを聞いて安心したように麗孝は去って行った。

麗孝がいなくなった後、蓮華は私に向かって言った。

「しかしさっきの澪様の発言には、驚いちゃいました。まさか、陛下の命を断ろうとするなんて」

「私はまだちっとも納得してないんだけど」

好きでもない人とそういうことをする気にはならないし、そもそも私は浩然のことを何も知らない。

浩然だって、私のことを好きというわけでもないだろう。

相変わらず彼の心の色は読めないけれど、それだけは絶対にないと言い切れる。

では、なぜ私は寝室に呼ばれたのだろう。

「陛下も、澪様の自由で自分の意見をハッキリ持っていらっしゃるところに惹《ひ》かれたのかもしれませんね」

蓮華は私のことを何でも良い風に解釈しすぎな気はする。

彼女の心は、いつも私に対して敬愛を示す深い紫に染まっている。少し照れくさいが、それが心地良くて、安心する。

蓮華は気合いを入れるように両手の拳を握った。

「さて、とにかく陛下の元へお召しになるのですから。普段から美しい澪様を、腕によりをかけてさらに磨き上げますね！」

「いや、別に私はいつも通りで……」

断ろうとしているうちに、蓮華とその他の侍女たちに、有無を言わさず風呂場へ連行された。

「皆さん、大仕事ですよ！」

瑠璃宮の侍女たちが声を揃えて叫ぶ。

「張り切っていきましょう！」

「本当にいいってば！」

数人がかりで襦裙を脱がせて裸にされ、蓮華たちは石鹸《せっけん》をつけた布で私の背中を磨《みが》く。

準備を手伝う侍女たちが、わくわくした表情で呟いた。

「頭のてっぺんから爪先まで磨き上げないと！」

「今日は特別な香を使いましょうね！」

未だに大人数で風呂に入るのには慣れないし、ひとりで入らせてくれと懇願したけれど、今日は特別な日だからと侍女たちが譲《ゆず》らなかった。

風呂から出たで、蓮華たちは私の顔に念入りに化粧を施す。

麗孝が私を迎えに来たのは、夜になってからのことだった。

「それでは、いってらっしゃいませ。ご武運をお祈りします、澪様！」

そう言って蓮華は、なぜかもう感動して泣き出しそうな表情で私を送り出す。

「準備は整ったわね？」

麗孝に声をかけられ、蓮華は元気よく返事をする。

「はいっ、麗孝様、いつでもどうぞ！」

「ちょ、ちょっと蓮華！」

蓮華はいつもより嬉しそうに笑って、私を見送った。

私は麗孝の後ろについて、皇帝が暮らしている殿舎という陽光宮《ようこうきゅう》へ渡った。

……気が重い。

できることなら、今すぐ逃げ出したい。

きっと蓮華がいなかったら、私はすでに逃げていたはずだ。でもあそこまで純粋に喜ばれると、さすがに期待を裏切れなかった。

「神子様、もっと嬉しそうな顔をしなさいよ。せっかく顔の造りはいいのに」

「無理を言わないで。嬉しくないからできない」

よくよく観察すると、夜の陽光宮は美しかった。

燭台《しょくだい》の光が青く輝き、無数に並んでいるのが幻想的だ。

しかしその光は燭台ではなく、青色の海月《くらげ》だった。

青く光る海月が、ふわふわと空中を舞い、淡く廊下を照らしている。海に浮かぶ城ならではの灯りだ。

壁の装飾には様々な玉がはまり、時折飛雲や白い龍の彫刻が施されていた。

宮殿を彩る金や玉だけで、一体どのくらいの金額になるのだろう。貧乏性なので、ついそんなことを考えてしまう。

麗孝は廊下を歩きながら、しんみりとした声で言った。

「まさか本当にこんな日が来るなんて。未だに信じられないわ」

「多分、麗孝の望むような展開にはならないと思う」

夜伽の誘いなんて断るつもりだし。

「麗孝は浩然の臣下になってから、長いの？」

彼は歩みを止めずに頷いた。

「えぇ。アタシの一族は、代々皇帝に仕える役割なのよ」

「そうなの」

「だから、陛下のことは、幼い頃から知っているの。色々、苦労されてきた方だから。アタシは陛下が幸せになるのを、一番に望んでいるのよ」

そう話す彼の心は、やはり深い紫に染まっている。

浩然への敬愛、それは家族に向けるのに似た愛情のようなものを感じる。

麗孝はただ従者《じゅうしゃ》として仕事をしているだけでなく、浩然のことが大切なのだと伝わってきた。

人が誰かを大切に思う心の色は、とても好きだ。


やがて、私は陽光宮の一室に通された。

華やかな金の装飾が施された扉の前で、麗孝は足を止めた。

「ここよ」

私は扉の前で顔を顰める。

ずっと逃げ出したいけど、さらに逃げたくなってきた。

断るために来ただけだし、何もする気はないけれど、それでも緊張する。

麗孝が立ち去る気配がないので、ふと気になってたずねた。

「あの、麗孝は……」

「アタシは近くで見張りをしているわ。そういう決まりだもの」

どうやら皇帝の暗殺を防ぐため、寝所の近くで麗孝が見張りをするらしい。

何もないとはいえ、近くに人がいると余計緊張する。

決意を固め、深呼吸して私は寝室の扉を開いた。

白を基調にした豪華な部屋の中で、浩然が待っていた。

浩然は、相変わらずの無表情だ。

心の色を読もうと頑張ったけれど、相変わらずこの人の心は白一色だ。何を考えているのか分からず、動揺してしまう。

彼は寝台の上に座っていた。

浩然の寝台は大きくて立派で、おまけに天幕まである。枕も布団も見るからに高級そうだ、とどうでもいいことを考える。

「来たか」

薄暗い照明に照らされた浩然は、美しかった。

私がぼんやりと浩然に見惚れていると、手招きされる。

「ほら、そんなところに立ってないで、こちらに来い」

これから私は、浩然とあの場所で一夜を共にするの？

いやいや、無理。どう考えても無理。別に浩然が嫌いだとか、そういうわけじゃない。

でも、やっぱり好きでもない人と子供を作るなんて無理。

「あ、あの、浩然、私……」

緊張で、心臓が口から飛び出してしまいそうだった。

死のうと思って海に飛び込んだ時だって、ここまで緊張していなかった気がする。

無理なものは無理だ。キッパリと断ろう。

ぎゅっと目を瞑《つむ》り、そう覚悟を決めた時だった。

「茶でも飲むか？」

「……はい？」

浩然の発したあまりに平和すぎる提案に、思わず間抜けな声を出してしまう。

「色々、麗孝が用意した茶があるんだ。点心《てんしん》もあるぞ」

そう言って、浩然は机の上に茶器を並べ始める。

珍しいその光景を、呆然と見つめながら言う。

「あの……私、今日何のために呼ばれたの？」

浩然は平然とした様子で答えた。

「茶でも飲みながら、異世界の話を聞きたいと思って呼んだんだ。仕事が終わった夜でないと、時間がとれなかったからな」

本当にお茶を飲むために私を呼んだのか。

ほっとしたような、気が抜けたような。

というか、そのつもりだったらそう言えばいいじゃない！　紛らわしい！

私はともかく、期待していた麗孝と蓮華が少し気の毒になるじゃない。

いつまでも突っ立っている私を見て、浩然が言った。

「どうした？」

「いえ、それなら問題ない」

浩然が椅子に座ったので、私も浩然の向かいの席に腰を下ろす。

浩然とふたりきりだと、あまり会話が弾むとも思えないけれど……。

「それで、何の話が聞きたいの」

「神子のいた世界の話が知りたい」

私は咳払いして言った。

「その神子という呼び方、どうにかならない？　侍女も澪と呼んでくれているし、澪でいいよ」

そう告げると、浩然は頷いた。

「では、澪と呼ぶ。澪のいた世界のことを教えてくれ」

私は茶杯に茶を注ぎながら、話し始める。

茉莉花茶《まつりかちゃ》の優雅《ゆうが》な香りが周囲に漂う。

「えっと……少なくとも、ここはまったく違う世界ね。龍のような、不思議な生き物はいないし。海の中にお城もないし。その代わり、機械は色々便利な物がある」

「機械？」

「電気の力で動いていて、自動で洗濯をしてくれたり、映像をうつしたり、電話を使えば離れた場所の人と話すこともできる」

それを聞いた浩然は、珍しく興味がありそうに瞳を瞬かせる。

「それは本当か？　まるで仙人か何かの術のようだな。どういう仕組みなんだ？」

「えっと……詳しい仕組みは私にもよく分からないけど」

「移動手段は？　馬ではないのだろう？」

「車とか、飛行機とか。飛行機っていうのは、金属でできているんだけれど、空を飛ぶの」

「まさか。さすがにそれは嘘だ」

浩然が熱心に聞いてくるので、元々いた世界のことを懸命に話した。

そのたびに浩然は感心したように相槌《あいづち》を打った。

「澪は、学校という場所に通っていたのだろう」

「ええ、そう」

「そこで何をしていたんだ？」

「学校では、勉強ばかりしてた。あとは、図書室で本を読んだり」

浩然は小さく微笑んだ。

いな」

「元の世界でも、書物が好きだったと言っていたな。最近よく書庫に通っているらしいな」

私はその言葉に頷いた。

「うん、昔から本を読むのは好きだった。だから、浩然に後宮書庫の整理を任せてもらえたのは、とても嬉しかったんだ。ありがとう」

「ずいぶんたくさん書物を読んでいるようだな」

「ずっと昔からの習慣なの。私には家族もいないし、お金もなかったから。時間ができればいつも本を読んでいた」

その言葉に、浩然が静かな声で言う。

「事故で家族を亡くしたと言っていたな」

「うん。私が幼い頃にね。父も母も妹も死んで、私だけが生き残ってしまった」

浩然は珍しく迷ったような声音で問いかけた。

「自ら海に身を投げるほど、辛いことがあったのか」

私は苦笑しながら答える。

「家族を亡くしてから叔父と叔母に引き取られたんだけど、私はいらなかったみたい」

彼らにされた仕打ちをかいつまんで話すと、浩然は不快そうに眉を寄せる。

「腹が立つ人間だ。機会があれば報復してやりたい」

「あはは、ありがと」

浩然が怒ってくれたことで、私は少し気持ちが落ち着いた。

「だが、それなら俺も似たようなものだな」

今度はこちらが驚く番だった。

「似たようなものって……虐《しいた》げられていたってこと？　でもここに来たばかりの時に聞いたけど、浩然のお父さんは元皇帝の白龍様で、お母さんは人間の皇后なんでしょう？」

白龍の一族は呪いで男しか生まれなくなり、人間としか子供を成せないと言っていたはずだ。

浩然はその言葉を肯定する。

「ああ。だが、俺は両親のどちらからも歓迎されていなくてな。皇帝に見初《みそ》められ、化け物の子を産み落とした母は精神を患《わずら》い、自ら命を絶った」

「そんな……」

私はじっと浩然を見つめる。

浩然は皇帝の地位を持っていて、こんな広い後宮に千人以上も奥さんがいて。美しくて、すべてにおいて満ち足りているのだと思っていた。

「浩然は龍神だというけれど、龍神と人間って何が違うの？」

「今は、見た目は普通の人間とほとんど変わらない。ただ、水を操る力があるだけだ。それと、白龍に与えられた力もひとつ使える。本来の力が目覚めれば、龍に変身できるらしいが、今の俺にその力はない」

水を操る力があるだけで、充分すごいと思うけれど。

「……浩然。私が後宮に来てから、その力に何か変化はあった？」

そう問いかけると、浩然は首を横に振る。

「いや、特に変化はないが。どうかしたか？」

「ううん……」

私が後宮に来てから、しばらく経つ。

最初この世界に呼ばれた時、神子は龍神の神力を強くするものだと言っていたはずだ。

だけど私が本当の神子じゃないせいか、やはり浩然の力に変化はないようだ。

私は浩然の力になれていない。

そう考えると少し気持ちが沈むし、今からでも「本当の神子を探して」と言った方がいいのかもしれない。

それから私は海に飛び込んだ時、白い龍に助けられたことを思い出し、あれ、と考える。

「でも……白陽国に最初に辿り着いた時、海で溺れていた私を助けてくれたのは、浩然でしょう？」

「そうだ」

「あの時、確かに浩然の姿が白い龍に見えたけれど」

浩然は困惑した声で答える。

「実は澪を見つけた時の記憶が、あまりないんだ」

「そうなの？」

「ああ。誰かに呼ばれたような気がして海を進んでいたら、澪がいた」

「不思議だね……」

麗孝も浩然が龍になれるわけがないと言っていたし、ただの夢だったのだろうか。

考えても分からないので、ひとまず置いておくことにした。

「浩然のお母さんのことは聞いたから……お父さんは、どんな人だったの？」

そう問うと、浩然は苦笑しながら答える。

「俺が生まれたことで白龍としての力を失った父は、最後まで俺を憎みながら死んでいった。最後に父を見た時、父は『お前さえいなければ』と怨めしそうに呟きながら息を引き取った。事情を考えれば、仕方のないことだ」

浩然は静かな、けれど決意の籠もった声で言った。

「だから俺は、子供は作らない」

——その時、ようやく理由が分かった。浩然がこの後宮のどんな美しい女性にも興味を示さない理由が。

浩然は、両親のどちらからも望まれず、愛されない子供だった。浩然はきっと、自分と同じような思いを自らの子にさせたくないのだろう。

それから浩然は、少し口調をやわらかくして続ける。

「お前にも何もしない。安心しろ」

浩然が私をここに呼んだのに、ただ話をしようと言ったのは、そういう理由だったのか。

「それで白龍の血が途絶えるのは、申し訳ないと思うがな」

自分を生んだことで、母親が精神を病んで命を絶った。

そして父親には怨まれ続けるなんて、一体どれだけ辛かっただろう。

この国の皇帝だという役目からは逃げることもできず、家族からの愛情を知ることもなく、この城でずっと生きていかないといけないなんて。

これからも、死ぬまでその役目から逃げられないなんて。

それは、どれほど辛いことなのだろう。

私は叔父と叔母に忌み嫌われて過ごした。最初に愛されていないのだと分かった時は、苦しかった。

浩然は実の両親から、それ以上にひどいことをされて大人になったのだ。

なのに浩然は両親を怨むわけでもなく、ただそれを受け入れている。

何千人もの人がいるこの城で、彼の味方はもしかしたら麗孝だけだったのかもしれない。

そのことが、あまりにも悲しくて。

浩然の気持ちを想像すると、意図せず瞳から涙が一滴こぼれ落ちた。

その様子を見て、浩然は怪訝そうに顔を顰める。

「どうしてお前が泣く」

怒りなのか、悲しみなのか分からない感情で唇が震える。

「……だってそんなの、ひどい。浩然は何も悪くないのに。周囲の勝手な都合で振り回されて、傷つくのはいつも子供ばかり」

そう告げた私を、浩然が困ったように見つめている。

私は反省して言った。浩然に怒ったって、仕方ないことだ。

「ごめんなさい。自分のことも重なって、つい熱くなっちゃった。そもそも、浩然はもう子供じゃないもんね」

浩然はふっと微笑んで、白い指で私の涙を拭う。

「いや、そんな風に言う女は、初めてだ。この国に、俺の父を悪く言う者など誰もいなかったからな」

「礼儀がなくて、変なやつだと思ってるでしょう」

「まぁ……それはな」

言葉を濁《にご》された。やっぱり思っているんだ。別にいいけど。

浩然は目を細めて続ける。

「だが、澪といると退屈しなくていい」

浩然の笑顔は、穏やかだった。

その表情に、胸がとくりと高鳴る。

私はなんだか恥ずかしくなってきて、浩然から顔をそらした。

「湿っぽくなっちゃったね。せっかくだし、もっと楽しい話をしよう」

「例えば、どんな話だ？」

「えっと、好きな食べ物の話とか。この国の食べ物は、なんでもおいしい」

「好きな食べ物か。甘い物は好きだ」

「え、そうなの。なんだか意外」

「餡《あん》の入った饅頭《まんじゅう》が好きだ。だが、幼い頃、食べ過ぎて腹をこわして麗孝に散々怒られてからは、加減している」

その様が目に浮かぶように想像できて、笑ってしまった。

「浩然って、何でも完璧にできそうだけれど、そんな失敗もするんだ」

「幼い頃の話だ」

「でも麗孝は、そんな昔から浩然と一緒にいるんだね」

「あぁ、麗孝の一族は、白龍に仕える定めだからな。この城で心を許せるのは、麗孝だけだった。麗孝がいてくれてよかったと思っているよ」

「麗孝も、あなたのことを大切に思ってる。本当の家族のように」

麗孝が浩然のことを尊敬しているのは、いつも彼の心の色を見ていれば分かる。

「家族のように、か」

「ほ、本当よ？」

必死にそう伝えると、浩然は嬉しそうに目を細めた。

「あぁ、そうだな」

私はその後も、浩然に昔の話を聞かせてほしいとねだった。

「皇帝になってからは、仕事ばかりしていたな」

「蓮華が――私の侍女が言っていたけれど、浩然が皇帝になってから、この国の人たちはずいぶん暮らしやすくなったんだって。だから、感謝しているって言ってた」

「そうか。なかなか、民から直接意見を聞く機会はないからありがたいな」

その後も私は、浩然の話に耳を傾けた。

やがてお茶を全部飲み終わる頃、浩然が言った。

「しかし、俺の昔の話など聞いても退屈だろう」

むすっとした顔で言う浩然を見て、気がついた。

こういう顔をしていると不機嫌に見えるけれど、もしかして照れているだけなのかもしれない。

「そんなことない。浩然が私の世界のことを不思議に思うように、私にとっても、この世界のことは新鮮。何だって、聞いていて楽しい。それに……あなたのことを、もっと知りたいから」

その言葉に、浩然は意外そうに目を瞬く。

私も自分の言葉に驚いて、口元に手を当てた。

「俺のことを知りたいのか？」

「え、うん」

浩然のことをもっと知りたいと思ったのは、本心だった。

彼の境遇が、自分と少し似ていると思ったからだろうか。

それとも、別の理由だろうか。分からないけれど、浩然と話すのは想像していたよりもずっと心地よかった。

他愛ない話を続け、やがて夜も更けてきて。

おそらく、この部屋に来てから三、四時間は経っているのではないか。ずいぶん話し込んでしまった。

最初来た時は話が続くか心配だったけれど、杞憂《きゆう》だった。

私はあくびをひとつして、眠気を感じながら言った。

「すっかり長居しちゃった。そろそろ瑠璃宮に戻ろうかな」

すると、浩然は当たり前のような顔をして告げる。

「今日はここで眠ればいい」

そう言って、浩然は自分の寝台を指さした。

「え？　でも……それは、浩然の寝台でしょ」

「隣で眠ればいい。夜更けに自室に逃げ帰られたと噂が立つと、それはそれで面倒だ」

なるほど、そういうことも考えないといけないのか。皇帝は大変だ。

それなら浩然の顔を立てるために、ここにいた方がよいのだろうか。浩然の寝台は大きくて立派だ。ふたりくらいだったら余裕で横になれるだろうけれど……。

いくら浩然が何もする気はないと言ったって、さすがに男の人の隣で眠るなんて、無防備極まりないのでは。

「大丈夫だ、別に何もしない。ほら、遠慮するな」

そう言って浩然は寝台に横になる。

ぽんぽんと隣に空いた場所を叩かれ、ついそこに横になってしまった。

浩然の寝台は私の部屋の物のよりさらにやわらかくて、寝心地がいい。身体が沈み込むようだ。

隣に寝転ぶと、両腕で抱き寄せられた。

「あ、あの……」

「そんなに端にいると、転がり落ちるぞ」

浩然の腕に包まれると、ふわりと上品な香が漂う。

最初出会った時は恐ろしいと思った赤い瞳が、今はすぐ側で微睡《まどろ》んで、やわらかく細められている。

「眠れそうか？」

「うん……」

そう返事をしたのは嘘だった。

本当は緊張で心臓が張り裂けそうで、ちっとも眠れそうにない。

浩然は疲れていたのか、やがて静かな寝息を立てながら眠ってしまう。

私は小さな声で彼の名前を呼ぶ。

「浩然？　寝ちゃったの？」

やはり返事はない。

しかし眠っていても腕の力は緩《ゆる》むどころか、さらにしっかりと抱き込まれて身動きが取れない。

私は浩然の心臓の音を聞きながら、そっと呟いた。

「先に寝てしまうなんて、不用心な人」

私が本当に安全かなんて分からないのに。

素性も分からない別の世界の人間だし、もしかしたら浩然を殺して、ここから逃げるつもりかもしれないのに。

……まぁ、さすがにそんなことをする気はないけど。

皇帝である彼がこんな無防備な姿を見せてくれるということは、少しは信用されているのだろう。

この国を統《す》べる存在であれば、当然命を狙われ、彼を引きずり下ろそうという人物だってたくさんいるはずだ。

彼の端正な寝顔を見つめながら、ふと考える。

両親との関係がうまくいっていなかったのなら、浩然も幼い頃は、布団にくるまってひとりきりで泣きながら、夜が明けるのを待つこともあったのだろうか。

……私と同じように。

今日はほんの少しだけ、浩然のことが分かった気がする。

「おやすみなさい、浩然」

そう呟いて、私も目蓋を閉じた。


翌朝、浩然の寝所を出た途端、廊下で待ち構えていた麗孝に詰め寄られた。

「出たわね、神子様！」

「あら、おはよう麗孝」

「昨日の夜はどうだったのよ!?」

私はその勢いに尻込みしながら言葉を返す。

「麗孝は部屋のすぐ前で待ってたんじゃなかったの？」

麗孝は手をぶんぶん振り乱しながら言う。

「そうだけど、よく分からなかったから聞いてるのよ！　もうっ！」

私は事実をそのまま伝えた。

「昨日はお茶を飲んで色々話して、浩然と一緒に眠った。本当に、ただ横で眠っただけ。麗孝が期待するようなことは何もなかった」

「何よもうっ、健全すぎるわ！　色気がないんだからっ！」

そう言って麗孝はビタビタと私の腕を叩く。

「でも陛下が寝所に自らあなたを呼んだだけでも大きな進歩よ。今まで誰にも興味を示さなかったんだもの。このまま押し倒しなさいっ！」

「浩然は、子供を作る気はないと言ってたよ」

言うべきかどうか迷ったが、麗孝には知る権利があるだろう。

それを聞いた麗孝はハッとした表情になり、声のトーンを落とした。

「それは、なんとなくアタシも感じていたわ。でも、それでもアタシは希望を捨てたくないのよ。陛下に、心から愛する人を見つけてほしいって思うの。そう夢を見たっていいでしょう？」

麗孝は浩然の臣下だから、世継ぎが生まれてほしいと望むのは自然なことだろう。

でもそれだけでなく、幼い頃から浩然を見ていたからこそ、浩然にひとりきりでいてほしくないのだろう。

幼い頃から浩然が悲しい思いをしてきたからこそ、家族を見つけて幸せになってほしいという麗孝の気持ちは、私にも分かった。

「うん。私もいつか、浩然が心から誰かを愛せるのなら、いいことだろうなって思う」

「だから、頑張りなさいよ神子様！」

「それとこれとは別」

とはいえその日から、私は毎晩のように浩然の寝所に呼ばれるようになった。

取り留めのないことを話して隣で眠るだけだったけれど、素直に楽しいと思えたし、いつからか私は浩然と話せる時間を待ち遠しいと思うようになっていた。

◇◇◇

私の生活に、昼は書庫で本を借りて読む、夜は時折浩然の寝所で他愛のない話をする、という習慣ができた。

特に書庫はすっかりお気に入りの場所になった。

ことあるごとに書庫に通い、入り浸るのが日常になっていた。

私がいつものように書庫へ向かおうとしていると、見覚えのある女性の後ろ姿を見つけた。

「あれって確か……」

孫充儀の侍女のひとりだ。

浩然が動いてくれたおかげかは分からないけれど、最近は瑠璃宮の周囲に嫌がらせをされることはなくなった。

ただ蓮華に対しては、やはり顔を合わせるたび嫌味を言っているようだ。

蓮華は気にしていないと言ったものの、さすがに腹は立つ。

一言注意しようと、私は彼女の後ろを追いかける。

「ちょっと待って！」

孫充儀の侍女は私を無視し、廊下から庭の方へと進み、少し離れた場所にある倉庫に入って行く。

「勝手に入ってはいけない場所のはずだけど、あんなところで何してるんだろう」

いぶかしみながら彼女の後をつけると、倉庫の床に侍女が倒れているのが見えた。

私は驚いて侍女の元へ駆け寄る。

「ちょっとあなた、大丈夫!?　どうかしたの？　具合が悪いの？」

私は彼女の顔を確認する。

こちらを見上げる侍女は、何も映っていないような真っ暗な瞳をしていた。

その生気のなさに、ぞっと寒気がする。

――この目、どこかで見たことがある。

どこで見たのかを思い出そうとしたけれど、それよりこの子を他の場所に運んだ方がいいだろう。

侍女は病気というわけではなさそうだった。苦しんでいる様子もない。

顔色は青白く、何の表情も浮かんでいない。人形のような顔をしていた。

私は侍女の顔を軽く叩いた。

「ねぇあなた、私の声が聞こえてる？　とにかく自分の宮に戻った方がいいよ」

侍女は横たわったまま微動だにしないので、彼女を担ぎ、倉庫の外へ出ようとした。

すると今まで動かなかった侍女がふらりと立ち上がり、扉に手をかける。

「急に立ち上がって平気？」

私が声をかけた瞬間。

彼女は外に出て、ばたん、と向こう側から倉庫の扉が閉ざされた。

しまった、と慌てて扉に駆け寄ったけれど、鍵でもかけられたのかビクともしない。

倉庫の入り口にある小さな覗《のぞ》き窓から、さっき倒れていた孫充儀の侍女の姿、そしていつの間に近くにいたのか、他にもふたりの侍女の姿が見えた。

この三人、蓮華をいじめていた侍女たちだ。

ここで倒れていた侍女に私をおびき出す役をやらせて、あとのふたりは私を倉庫に閉じ込めようとしたのだろうか。

私が浩然のところに通っているのが気に入らない、と思っている妃嬪がたくさんいるのは知っている。蓮華からも注意してと言われていた。

これも嫌がらせの一環だろうか。

私は扉を叩きながら叫ぶ。

「あなたたち、今すぐここを開けなさいっ！　こんなのバレたらどうなるか、分かってるでしょ！」

そう叫ぶが、三人の侍女たちは暗い瞳でこちらをただただ見ている。

みんな、絵の具で塗りつぶしたような暗い瞳だ。

その瞳の色に、またぞっと背筋が寒くなる。

――おかしい。

嫌がらせをしているなら、蓮華をいじめていた時のように、それを楽しんだり怒ったり、何らかの感情の色が浮かんでいるはず。

けれど彼女たちの感情の色は、ぼんやりと暗い靄に包まれているだけ。

だから他のふたりが近くにいることにも、なかなか気が付けなかった。

その時、彼女たちの様子が誰に似ているのかを思い出した。

この後宮に来たばかりの頃、私を生け贄にしようとした兵士の男たちだ。

今の彼女たちの様子は、まるで彼らにそっくりだった。何かに操られているように、自分の意思を感じない。

外にいる侍女たちはしばらく私を見ていたけれど、やがてゆっくりと背中を向けて歩いて行く。

「こらっ、開けろって言ってるでしょ！」

中から扉を何度も叩いたけれど、そのまま去ってしまう。

「どうしてこんな……」

嫌がらせにしては、おかしいことばかりだ。こんなの、誰が犯人なのかすぐに分かってしまう。あまりに杜撰《ずさん》すぎる。

その後なんとか倉庫を出ようと叫んだり暴れたりしたけれど、扉が分厚いらしく、誰にも気づいてもらえなかった。

扉の覗き窓を割ることも考えたけれど、割れたとしても腕が通るくらいで、私の身体が通るほどの大きさはない。

「そもそもここ、普段人が通りかかる場所でもないし」

私は諦めて扉の前に腰を下ろした。

無駄に体力を消費しても仕方ない。そのうち誰か来るだろうか。永遠にこのままということはないだろうけれど。

あまりに長時間部屋に戻らなければ、蓮華もおかしいと思ってくれるだろう。

その考え通り、一時間ほど経つと外から蓮華が私を呼ぶ声が聞こえた。

「澪様？　澪様、どこにいらっしゃるのですか？」

私はハッとして立ち上がり、扉の窓を叩いた。

「蓮華、私ここにいるっ！」

外には蓮華の他に、瑠璃宮の侍女たちも数人いた。

みんな私を心配して、後宮を探してくれていたようだ。

彼女たちはすぐに倉庫の扉にかかっていた鍵を壊し、私を助けてくれた。

「澪様、ご無事でしたか⁉」

「ありがとう、みんな。助かった」

蓮華が泣きそうな表情で抱きついてくる。

「よかった……。みんな心配していたんです。澪様がお戻りにならないし、書庫にもいないから。一体何があったのですか？」

私は彼女たちに事情を説明した。

「孫充儀の侍女たちに閉じ込められて、大変だったの。絶対許さないんだから！　今から抗議に行く」

そう言った瞬間、蓮華や侍女たちの顔色が変わる。

「……どうしたの？」

蓮華が戸惑った様子で問いかける。

「孫充儀の侍女たちに、ここに閉じ込められたのですか？」

「ええ、そう。蓮華と初めて会った日、蓮華に色々言っていた侍女が三人いたでしょ。あの人たちだけど……」

話せば話すほど、彼女たちの顔色が青くなっていく。

「ねぇ、どうしたの？」

侍女のひとりが口を開いた。

「……三人とも、今さっき死にました」

「えっ!? 彼女たちが、死んだ？」

「はい。だから私たち、澪様が心配で。澪様にも何かあったのではないかと……」

「そんな、嘘。だって、どうして……？」

混乱して、うまく言葉にならない。

「彼女たちは、突然後宮の塀に梯子《はしご》をかけ、のぼり始めたのです。最初、周囲にいた者たちも何が起こっているのか分からず。やがて見張りの者が彼女たちを止めようとしたのですが、間に合わなくて……。三人で手を繋ぎ、そのまま海に飛び降りました」

「自殺したってこと？　三人揃って？」

「はい……」

「そんなの、ありえない」

私はその後、蓮華たちと一緒に事件の現場となった場所に向かった。

しかし塀のこちら側からは、何も分からなかった。

飛び降りる時に落ちたのか、青い靴が一足だけ地面に落ちていた。

私はそれを拾い上げて考える。

私も最初にこの城に来たとき、一度落とされたから知っている。

後宮の向こうは、激しい水流のせいで人間が泳ぐことは絶対にできない。

彼女たちだって、それを理解していたはず。

もし後宮を脱走するつもりなら、他の人間に気づかれないよう、もっと人のいない時間に安全な経路を選ぶはずだ。

彼女たちは私を倉庫に閉じ込めた後、自ら死を選んだということ？　そんなバカな。

そこまで思いつめていた様子はなかったし、全員が一緒に命を絶つなんて不自然すぎる。

一体この後宮で、何が起こっているのだろう。

その後私は麗孝に空き部屋に呼ばれた。

彼と向かい合って椅子に座り、知っていることを話した。

「つまり彼女たちは神子様を倉庫に閉じ込めた後、自ら飛び降りたってわけね。他の妃嬪の証言と一致してるわ」

私は麗孝に問いかけた。

「私、もしかして疑われているの？」

すると麗孝は首を横に振った。

「いいえ、少なくともアタシは疑ってないわよ。まぁ神子様とあの侍女たちの関係が良くないのは周知の事実だったから、色々言うやつがいるかもしれないけど。彼女たちが死んだ時に、あなたはまだ倉庫に閉じ込められたままだった」

「うん……」

「神子様が何もしてないのは明白なんだから、堂々としてれば大丈夫よ。これ以上聞きたいことはないわ」

そう言って麗孝は私を立ち上がらせる。

「手間を取らせてごめんなさいね。もう戻っていいわ」

そう言われても、胸に残っているもやもやとしたものは消えない。

「ねぇ麗孝、どう考えてもおかしいでしょう？　一体何が起こってるの？　彼女たちに、何があったの？」

それを聞いた麗孝は苦い顔をする。

「……怪しい人物はいるんだけど、まだ確証は持てないわ。だから軽々と話すことができない。とにかく、神子様は今まで以上に注意すること。そして、絶対にひとりにならないようにすること。分かったわね？」

まだ納得できない気持ちだったけれど、麗孝がそれ以上話してくれる様子はなかった。

私はしぶしぶその言葉に頷き、重い足取りで瑠璃宮に戻った。


翌日、蓮華は不思議そうに私に問いかけた。

「澪様、今日も書庫に行かれるのですか？」

昨日の事件があったから、私を気づかってくれているのだろう。

「うん。昨日読んだ本の続きを借りに行くの。何せ時間だけはたっぷりあるから。たまには、蓮華も一緒に行く？」

そう問いかけると、蓮華は少し気後れしたように話す。

「澪様は本当に本がお好きなんですね」

「そうね、書庫で過ごす時間は、すごく楽しい。あの書庫にある書物をすべて読むことが、今の私の目標なんだ」

「澪様は本当にすごいです。実はあたし、文字を読むことすらできないので。残念ながら、書物の楽しさは分からないんです」

それを聞いた私はとても驚くと同時に、無神経な言動だったと恥じた。そんな可能性があるとすら、考えたこともなかった。

後宮にいる妃嬪たちは、みな裕福で教育が行き届いているのだと勝手に思い込んでいた。実際、妃嬪として迎え入れられる女性たちには最低限の教育が施され、座学や楽器や演舞などを嗜《たしな》んでいるらしい。

しかしすべての宮女がそのような教育を受けられるわけではないようだ。

自ら志願したのではなく、借金のかたとして売られたり、さらわれて無理矢理連れてこられる者もいるという。

そういえば蓮華も、家が裕福でないから後宮で働いていると話していた。

「ごめんなさい、蓮華。私、全然知らなくて」

「いえいえ、謝らないでください！　澪様が謝ることなどないです！」

しばらく考えた後、私は蓮華に提案した。

「それなら、私が蓮華に文字を教えるのはどう？　蓮華の迷惑じゃなかったらだけど」

「えっ……!?　ですが、そんなことに澪様の手を煩《わずら》わせるわけには」

「いいよ、どうせやることがあまりないんだから。私はこの世界に来て、なぜか文字が読めるし。それならきっと、誰かの役に立てた方がいいもの」

幸い、時間だけはたっぷりある。

それから私は、暇ができると書物を借りてきて、蓮華に読んで聞かせた。

妹によく絵本を読み聞かせていたことを思い出し、懐かしく思う。

蓮華は勉強熱心で、簡単な字からだけれど、少しずつ読み書きができるようになっていった。

蓮華を連れて書庫に向かい、私は書物を読み聞かせることを始めた。

そして、元々いた世界の童話を書物に書き記した。

この世界の書物は、基本的に手書きだ。

どうやらこの国では紙そのものが高価らしく、庶民が手に入れるのはなかなか難しいようだけど、幸い後宮では自由に使うことができた。

蓮華は書庫で私のまとめた書物を読みながら、歓声をあげる。

「澪様、この『かぐや姫』という話はとっても不思議で面白いですね！」

「そうでしょう。私の故郷の国で、最も古い物語なんだって。作者も誰なのか分からないらしいよ」

「かぐや姫は、月の国のお姫様なのですね」

「うん。でも大切に育ててくれたおじいさんとおばあさんを放ってさっさと月に帰ってしまうなんて、ちょっと薄情な気がする」

「帝《みかど》が山の頂上で不死の薬を焼いてしまうのが、切ないですね」

「この富士山という山は、実際に私の住んでいた国にあるんだよ」

「そうなんですか！」

熱心に話を聞いていた蓮華は、じっと私を見て言った。

「澪様は、やっぱり故郷に帰りたいですか？」

蓮華があまりに真剣な表情なので、考え込んでしまう。

「うーん……。この世界には蓮華がいるから、元の国に帰らなくてもいいような気はしてる」

事実、元の世界には私に親しい友人はいなかった。

叔母が私に友人ができるのを嫌がって妨害していたからだ。おそらく自分たちに不都合なことを言われるのを避けたかったのだろう。そのせいもあり、私はいつしか友人を作るのを諦めていた。

その言葉に、蓮華はいたく感激したようだった。

「あたしは命が尽きるまで、澪様にお仕えします！」

「大げさだなぁ」

そんな話をしていると、書庫の周囲でそわそわとこちらをうかがっている宮女の姿が見えた。

最初、また嫌がらせでもされるのかとドキリとしたけれど、そういう様子ではなさそうだ。

「入ってきていいよ」

そう声をかけると、三人の宮女が戸を開いて、小さく頭を下げた。

「お邪魔して申し訳ございません、神子様」

「そんなにかしこまらないで。この書庫はみんなの物なんでしょ?」

普段利用者がいないし、私が我が物顔で使ってしまっているから、他の人が訪れるのは珍しい。

「実は私たち、神子様の世界のお話が気になって」

なるほど、確かに国も時代も違う世界の物語だ。

この世界の人々には新鮮にうつるのだろう。

「それなら、蓮華が読んだ後、みんなで読めばいいよ。どうせひとり読むのも、十人が読むのも同じだもの。好きなだけ読んで」

そう言うと、彼女たちは嬉しそうに手を合わせた。

そのうち、書庫で異世界の物語を読んでいるという噂が広まったのか、それまでは閑古鳥《かんこどり》が鳴いていた書庫に訪れる人々が、どんどん増えていった。

希望する下女《げじょ》たちには文字の読み書きを教え、時には書物を朗読した。

蓮華に「興味がありそうな人がいたら声をかけておいて」と軽く言ったところ、日を追うごとにひとり、ふたりとその人数は増えていった。

私の朗読は暇を持て余した宮女たちに好評を博し、彼女たちは列をなしてキャッキャと騒ぎながら書庫に詰めかける。


その日も後宮書庫へ向かおうとしていると、私が書庫に入り浸っているという噂が届いたらしく、瑠璃宮に現れた麗孝が声を荒らげた。

「神子様。あなた、後宮書庫で異世界の話を広めているっていうのは本当なの？」

「えぇ、そう。他にやることもないし。みんな喜んでいるからいいかなって。もちろん白陽国の書物も興味深いけど」

「もうっ、あなたのやることは、女官たちに本を読み聞かせることじゃないでしょぉおお！　それにこの国、今色々きな臭いのよ！　用心しろって言ったでしょ！」

私は三人の宮女が命を落とした事件を思い出し、頷いた。

「そうだね。でも、ひとりでいるよりたくさん人がいた方が安全じゃない？」

「それはそうだけど、せっかく陛下といい感じなのに！」

麗孝は両手足をバタバタさせて悔しがっている。

麗孝が本当に言いたいのはそこだったようだ。

浩然の寝所には毎日のように通っているけれど、相変わらず隣で眠るだけの健全な時間が続いている。

「神子様、あなたせっかく陛下の寵愛を受けているのよ？　もっともっと気に入られるために、琴を弾いたり、詩を詠んだり、織物をしたり、色々やることがあるでしょおっ！」

「だってそういうことは、私よく分からないんだもの。そういうことが上手な他の妃たちに任せるよ」

「そんなこと言ってると、そのうち陛下が他の妃嬪に目移りしちゃうかもしれないわよ!?」

麗孝の言葉が、花の棘《とげ》のようにチクリと私の胸に刺さった。

後宮には、美しい女性や教養のある女性が山ほどいる。

今は物珍しさで私のことをかまっていても、そのうち浩然が他の妃に夢中になり、私には見向きもしなくなることだって、充分にあり得るだろう。

もし今までのように、浩然と話すことができなくなったら……。

そう考えると、少し寂しい気持ちになった。

「その時は、その時だよ。私に浩然の心を縛り付ける資格なんてないもの」

自分に言い聞かせるようにそう言うと、麗孝はやっぱり不満顔をしていた。

「それと忠告だけど、あなたが陛下の寝所に通っていることは、もう後宮で噂になっているわ」

「うん、知ってる」

浩然の寝所に通っていると言っても、本当にただお茶を飲んで話しているだけなのだが、他の妃嬪たちからするとそうは思われないだろう。

「他の妃嬪たちは気が気じゃないのよ。実力行使にでる者もいるかもしれない。用心した方がいいわ。陛下もそれは分かってるから、神子様の警護には一段と気を使っているみたいだけど」

知らない間に守られていたようだ。

権力や地位なんてまったく興味はないけれど、この国の皇后となると、大きな力が動くのだろう。

軽はずみな行動をすれば、本当に命を落とすことになるかもしれない。

以前の私なら、面倒なことには関わりたくないと考えただろう。

だけど、今の私はそれでも浩然に会うのをやめたくないと思ってしまう。

昼すぎ、私が書庫から自室に戻ると蓮華が待っていた。

私を見つけた蓮華は、子犬のように嬉しそうに駆け寄ってくる。

「澪様、髪が崩れていらっしゃいますよ。蓮華が結い直して差し上げます」

「えぇ、ではお願いするわ」

そう頼むと、蓮華はにこにこしながら私の髪をとく。

「澪様、最近は後宮ですごく人気なんですよ」

「そうなの？」

「はい。みんな、澪様のいた世界のお話に夢中です」

「それは私がすごいんじゃなくて、話を考えた人がすごいんだよ。私は知っている話を勝手にまとめているだけ」

「いえいえ、澪様の優しい声は、まるで天上の女神のようねって、宮女たちは恋にでも落ちたように、うっとりと澪様のことを語っているんですよ！」

「買いかぶりすぎだよ」

「元々、澪様は美しいですし、美しい妃が人気を集めるのも、後宮ではよくあることですから」

そう言った後、蓮華は少し寂しそうに微笑む。

「みんなが澪様の素晴らしさに気づくのは嬉しいですが、澪様が少し遠くへ行ってしまったみたいです」

私はそっと蓮華の頭を撫でた。子供扱いは嫌がるかと思ったが、蓮華は嬉しそうに目を細める。

強がっていても、まだ十二歳の少女だ。親元から離れ、後宮での暮らしが寂しくないわけがない。

「私にとって、後宮で一番の友人は蓮華だよ。それはこれからも変わらない。右も左も分からない後宮の中で、蓮華がいてくれたことで、私がどれだけ励まされたか。これからも、側にいてね」

そう告げると、蓮華は瞳に涙を浮かべて抱きついてきた。

「感激です！　澪様は、本当になんてお優しいのでしょう」

「大げさだなぁ」

それから蓮華は、少し緊張した声で言った。

「澪様。あたし、実は夢ができたんです」

「えっ、何？　聞かせてくれる？」

「はい。あたし、物語を書いてみたいんです。書庫で楽しそうに物語を読む人々を見て、こんなお話を自分で作れたら素敵だろうなって思ったんです」

「すごいね、蓮華！」

蓮華は照れくさそうに頬をかく。

「でも、あたしには教養もないし……」

「そんなの関係ないよ！　蓮華は自ら勉強して、どんどん学んでいるもの。分からないことはこれから知っていけばいいよ。きっと素敵な物語が書ける。どんな話を書くか、考えているの？」

「はい。ですが、まだこれという案がなくて」

「じゃあもし完成したら、私にも読ませてくれる？」

そう問いかけると、蓮華は嬉しそうに返事をした。

「はい、もちろんです！　絶対に澪様に、最初に読んでもらいますね」

私は笑顔で返事をした。

「うん、楽しみにしてるね」

翌日の午後。昼食をとりおえて書庫に行くと、珍しいことに誰ひとりいなかった。

いつもなら、十人ほどは列を作っているのに。

不思議に思いつつも、たまにはひとりで静かに本を読むのもいいかと考えて新しい書物を見繕《みつくろ》っていると、ふらりと浩然が現れた。

「やはりここにいたか」

「は、浩然」

最近昼間に浩然を見ていなかったので、少し驚いた。

「お前の侍女から、ここにいると聞いてな」

「珍しいね、あなたが書庫に来るなんて」

「後宮は俺のものだからな。どこにでも現れるさ」

「何か用?」

「いや、ただ澪の顔が見たかっただけだ」

さらりとそんなことを言われると、他意はないと分かっているのに心が弾む。

「人払いしてある。しばらくここへは誰も来ない」

「あぁ、そうだったんだ」

だから誰もいなかったのか。

浩然は書庫の長椅子の上に腰掛け、こちらを見上げる。

「で、俺には聞かせてもらえないのか?」

「え?」

「お前の住んでいた国の恋物語とやらを。まるで天上の女神のような声で語っているのだろう」

冗談めかしたように言われ、恥ずかしくなる。

「それは宮女たちが大げさにからかっているだけ！　昔から妹に絵本を読むのは慣れていたし、その延長だよ」

「そうか？　澪の読む話が、後宮でずいぶん流行しているそうじゃないか。どんなものか気になってな」

「浩然は恋愛なんて、興味がないんじゃない？」

「辛辣《しんらつ》だな」

今の言い方は、嫌味っぽかっただろうか。

私は浩然の隣に腰掛ける。

「あの、嫌だとか、そういうわけじゃないんだよ。ただ、男の人に読むのはいつもと感じが違うもの」

そう言った後、浩然に話せそうな話を探す。

「えっと、じゃあ、童話でよければ」

私は小さく咳払いをして、話し始めた。

「昔ある国の深い海の底に、人魚の姫が住んでいました。その姫は人間の世界に憧れがあり、ある日、立派な人間の船を見つけました」

思いついたのは、妹によく読んでいた人魚姫の話だった。

ここが海の中の城だから、つい連想したのかもしれない。

「……そして、人魚姫は人間になるために、魔女に薬をもらいに行くことにしました」

最初は真剣に話を聞いていた浩然だが、しばらくするうちに微睡み始める。

「なんだかお前の声が心地良くて、眠くなってきたな。肩を貸してくれ」

「肩？　いいけど」

それを受け入れると、浩然は私の肩に頭を置いて目を瞑る。

長い睫毛に影ができている。

その様が、なんだか愛らしく思えた。

銀色の長い髪を撫でたいと思ってしまったが、仮にも相手が皇帝であることを思い出して、伸ばしかけた手を止める。

「浩然、長い話を聞くと眠くなってしまうの？」

「あぁ、そうかもしれんな」

「嘘。皇帝陛下ともなれば、政事《まつりごと》で色々難しいお話をするでしょう」

「それはそれだが」

窓から射し込む陽光は心地良いし、昼寝したくなる気持ちは分かる。

浩然は眠そうに瞬きながら続けた。

「……それで、その姫はどうなった？」

「あ、ちゃんと聞いてたんだ」

「もちろんだ」

私は小さく笑って、続きを話し出した。

「人間になった人魚姫は、王子の城をたずねました。王子は人魚姫をかわいがりました。しかし王子の心はすでに、命の恩人と勘違いしている別の娘のものでした。王子はその娘と結婚することが決まっていたのです。人魚姫には、どうすることもできません。そんな姫の元に、彼女の姉たちが現れ、ナイフを渡しました。そのナイフで王子の心臓を刺し殺せば、姫はまた人魚に戻れるというのです。姫は王子の寝室に忍び込み、王子の心臓にナイフを突き立てようとしました。けれど、王子を愛している姫には、彼の命を奪うことができません。人魚姫は海に身を投げ、泡になって消えてしまいました。……これで終わり」

眠そうに話を聞いていた浩然は、むっつりと眉を顰めて身体を起こした。

「それで終わりなのか？」

「うん。泡になった後、精霊になって天に昇ったって説もあるけど」

「それが澪の好きな話か？」

「そう。私の、というか正確には妹の好きな話だけれど。何度も読んだ思い出も合わさって、人魚姫は私にとっても特別な物語のひとつ」

浩然はどうにも納得がいかないようだ。

「王子が気に食わんな。だいたい命の恩人を別の女だと勘違いするところからして、殴りたくなる」

「その気持ちも分かるけどね」

苦笑した後、私は続けた。

「でも……悲しいけど、自分の命を落としてまで愛する人の幸せを願えるなんて、素敵だと思わない？　初めて読んだ時、私は子供だったから、すごく衝撃を受けたの。自分の命より誰かを大切だと思えるなんて、想像もしたことがなかったから」

そう言うと、浩然は静かに頷いた。

「確かにそうだな。昔なら、人魚姫の気持ちがまったく理解できないと思っていただろうが」

浩然は真っ直ぐな視線をこちらに向けて言った。

「もし自分が助かるために澪の命を奪えと言われたら、俺にはできないだろうな」

そう話し、浩然はふっと微笑んだ。

その瞬間、心臓がとくりと高鳴った。

私はそれを隠すように、呆れた口調で言った。

「浩然って、そういうの、何の意識もせずに言ってるの？」

無意識で女性を口説くようなことを言っているのなら、ある意味才能だ。

どうせいつものように淡々と、どういう意味だと返されるのだと思っていた。

しかし、予想外の反応が返ってきた。

浩然は悪戯《いたずら》っぽく微笑んで言う。

「いや。今のは、お前を口説《くど》いているつもりだったが」

その言葉に、かっと顔が熱くなり、衝撃が走る。

「……え？　だって浩然は、誰のことも好きにならないんじゃなかったの？」

浩然の複雑な生い立ちについて、聞かされたばかりだ。

「そもそも私は神子として、龍神の神力を強めるためにこの世界に呼ばれたんでしょ？　だから浩然も私を妃にしたんじゃなかったの？」

すると浩然は自分でも驚いたように呟いた。

「あぁ、最初はそのつもりだったが。……なるほど。ならばもしかすると、俺は澪のことが好きなのかもしれないな」

さっきより、さらに顔が熱くなったのが分かる。

「そんなこと、急に言われても困るっ！」

「澪は、俺のことが嫌いか？」

私はぶんぶんと首を横に振った。

「嫌いなら、毎日部屋を訪れたりしない」

毎日浩然の部屋に通っていることが、他の妃たちの反感を買うことは分かっている。

子供を作る気がないなら、誤解される行為はやめておいた方がいいに決まっている。

だけど、私はどうしてか、この時間を失いたくないと思っている。

私の顔を見て、浩然はふっとやわらかく微笑んだ。

「そうか、それならいい」

浩然が、私の頬を軽く撫でる。

そして、鼻先が触れそうな距離に顔を近づける。

心臓がバクバクと鳴った。

え？　もしかして、キスされる……⁉

ぎゅっと目を閉じて、固まっていると、書庫の外から声がかかる。

「陛下」

「っ⁉」

その声に驚いて、私は勢いよく椅子から立ち上がった。

声の主は麗孝だった。仕事用の話し方だ。

「陛下、そろそろ出立《しゅったつ》する準備をしなければいけない時間です」

「あぁ、今行く」

そう返事をし、浩然は私の手を取って言った。

「俺は数日、城を空ける。澪にそのことを話さなければいけないと思っていたんだ」

「あ、そうだったの」

ということはしばらくは、浩然の部屋にも通えないということだ。

残念なような、少しだけほっとしたような。

眠そうにしていたのも、もしかしたら皇帝の仕事が忙しいからだったのかもしれない。

私はハッとして浩然に詰め寄った。

「まさか、軍とか、兵とか、争いとかそういうのじゃないよね？」

浩然が戦いで怪我するような事態になるとすると心配だ。

そう問い詰めると、浩然は苦笑した。

「大丈夫だ。外交のために、色々用意をしているだけだ」

「そう、ならいいけど」

その言葉に胸を撫で下ろす。浩然に危険な目に遭ってほしくない。

「名残《なごり》惜しいが、そろそろ行かないとな」

その笑顔に、また胸がきゅっと苦しくなる。

書庫を出る寸前に、彼はこちらの方へ振り返って言う。

「そうだ、言わなければいけないことがもうひとつあった。半月後、黄黎国《こうれいこく》の皇帝の元に挨拶に行く」

私はこの世界の成り立ちを思い出す。

元々は五龍が大きな国を治めていたけれど、争いが起こり五国に分裂したんだっけ。

そしてその五国を統治しているのが、五色の龍神だ。

各国で龍神として崇められている皇帝は、みな浩然と同じように美しいのだろうか。

「それは……華やかで、神々しい会合になるんだろうね」

「まぁ、華やかではあるかもな。黄黎国の皇帝は、派手なのが好きだし。澪、お前もその会合に参加するんだ」

「私が？」

「あぁ。お前は神子だからな」

自分にはまったく関係のないことだと考えていた私にとって、その言葉は寝耳に水だった。

しかしそういえば私はこの世界にとって、異世界からの神子らしい。

神子は龍神に力を与え、勝利をもたらす重要な役割だという伝説があると言っていた。

実際の私は何の取り柄もない普通の人間で、私が来たからといって、その国を勝利に導くなんて、ありえない。浩然の力にもなれていないようだし。

「とにかく、そのつもりでいてくれ」

「……うん、分かった」

そう答える他なかった。

別の国がどんな場所か、少し気になったのも事実だ。

私の返事に満足した様子で、浩然は部屋を去って行った。

背中を向けた浩然は、聡明で怜悧《れいり》ないつも通りの皇帝の姿に戻っていた。

五章　後宮の異分子

後宮で観桃《かんとう》の宴《うたげ》が行われるのだという書簡が届いた。

この国の庭には海の中なのに、しっかりと様々な季節の花が咲いている。どんな力が働いてるのだろうか。

宴の主催は蘇《ソ》貴妃という人らしい。

内容をざっくり読むと、お茶会を開くから来てねということらしい。

「風流な宴を行う風習があるのね。確か貴妃様というのは、後宮で正一品の偉い方だっけ」

その言葉に蓮華は頷いた。

「はい。でも桃を見るのは建前で、どちらかというと、澪様の歓迎会の意味合いが強いですね。もっと言うと、他の四夫人たちが、澪様を品評したいのだと」

「あー」

やはり女だらけの場所は、人間関係が複雑らしい。

貴族のお姫様がたとのお茶会。

幼い頃から人の輪に積極的に入って行くのは苦手で、グループ作りでよくあぶれていたことを思い出す。あまり関わりたくないものだ、と顔を顰める。

とはいえ私はここでは新参者だし、無下《むげ》に断るのもよくないだろう。

迷った挙げ句、喜んで参加させていただきますと返事をしたためた。

「何か手土産でも持ち寄ったほうがいい？」

「そうですね。上質な茶葉を商人から購入して持参したほうがいいかと」

「なるほど。じゃあ茶葉を買っておこう」

与えられた殿舎には、厨房《ちゅうぼう》がある。

私はまだ一度も使ったことがないけれど、何かおいしい物でも持って行けば、お姫様たちに喜んでもらえるかもしれない。甘い物が嫌いな女子はなかなかいないはずだ。

私は後宮での印象はよくないだろうし、無駄に敵意を向けられて面倒事になるよりは、なるべく円滑《えんかつ》に過ごしたい。

「お茶と一緒に、お菓子でも作って持って行こうかな」

その言葉に、蓮華はパッと表情を輝かせた。

「澪様が作られるのですか!?」

「そう。たまにはね」

「すごいです、ぜひ蓮華にもお手伝いさせてください！」

「もちろん。じゃあ、さっそく作ってみようか」

というわけで私はその日、初めて瑠璃宮の厨房を使った。

蓮華が手伝いたいと言ってくれたので、彼女に助手をお願いした。

「それで澪様、何を作るおつもりなのですか？」

「宴の参加者が女の人ばかりなら、琥珀糖《こはくとう》がいいかと思って」

「コハクトウ？　聞いたことのない甘味《かんみ》です」

「キラキラしている砂糖菓子だよ。お茶請けにも合うと思う」

「難しいですか？」

「ううん、簡単だよ。砂糖と寒天《かんてん》と食紅《しょくべに》を溶かして固めれば完成する。本当はグラニュー糖がいいんだけど、まぁここにはないだろうし」

私は厨房にあった食材を見ながら言った。

「染料は、果実の汁を使ってみようか。蓮華、火を使うにはどうすればいいの？」

「はい、蓮華にお任せください！」

そう言うと、蓮華は火をおこしてくれた。

乾燥させた果実の実を潰し、鍋で煮立てると水が黄色く染まる。あとは種や皮をこせば、料理に染料として使用できるはずだ。

他にも木の実や食用の青い花があったので、色素を抽出するのに使った。

ほぐしておいた寒天を煮溶かし、砂糖を入れて煮詰める。

木でできた容器に入れて、先ほどの染料を垂らして色を付ける。

何種類かの色を混ぜて垂らすと、綺麗なグラデーションになった。

冷蔵庫に入れて冷やしたいところだけれど、ここにはそんなものはないので氷水につけてしばらくおいておく。

横で懸命に手伝いをしている蓮華は、感心したように言った。

「澪様は、お料理も上手なのですね。尊敬します！」

「昔、妹と一緒に作ったことがあったから覚えていただけだよ。懐かしいな」

叔父と叔母の家ではいつも食事を作らされていたけれど、こんな風に楽しみながら誰かとお菓子を作ったのは、妹と作って以来のことだった。

時間が経って琥珀糖が固まったら、包丁でカットしてから手で不揃いに千切れば完成だ。

「これで出来上がり」

隣で見ていた蓮華は、完成した琥珀糖を見て瞳を輝かせた。

「すごい、まるで宝石みたいです！」

使ったことのない染料だったので少し心配だったけれど、琥珀糖はちゃんと黄色、赤、青、緑と様々な色に分かれた。形も不規則で、色も透き通っていて確かに宝石のように見える。

「これ、食べられるのですか？」

「もちろん。綺麗でしょう？」

「すぐに食べることもできるけど、日陰で数日乾かすとさらにおいしくなるんだ」

厨房の日の当たらない場所で、しばらく琥珀糖を寝かせておいた。

「はいっ！」

待っている間、蓮華はずっとそわそわと様子を見守っていた。

やがて数日経ったので、蓮華に食べてもいいと声をかける。

私たちは琥珀糖を部屋に持ち帰り、試食してみることにした。

蓮華は琥珀糖をひとつ手に取り、溜め息をつく。

「やっぱり宝石みたいですね」

不思議そうに琥珀糖を観察してから、蓮華は呟いた。

「とっても綺麗で、なんだか食べるのがもったいないです」

「でも失敗していたら他の妃嬪たちに出すわけにはいかないし、味見はしないとね」

蓮華はこくりと頷き、ぱくりと口に含んだ。

そして丸い瞳をキラキラと輝かせる。

「んん！　すごく甘いです！　外側がシャリシャリしていて、中はとろりとやわらかいです！　こんなおいしいもの、初めて食べました！」

「成功したみたいでよかった」

私もひとつ食べてみる。口の中にほんのりとした甘さが広がった。

「うん、おいしい」

「きっと他の妃嬪も喜びます！」

「だといいんだけど。とりあえず、これを手土産として持って行こう」

「はいっ！　きっと皆様喜ばれます！」

蓮華がそう言ってくれると、本当にそうなるようで少しだけ安心した。

宴の日、私は揃いの青い襦袢《じゅばん》を着た侍女たちを連れ、用意された場所へ向かった。

宴は後宮の中庭で行われ、私だけでなく四夫人は全員参加することになっているようだ。

浩然は以前言っていたとおりここ数日仕事で忙しく、宮中にいないことも多かった。

今日も欠席のようだ。

宴に向かう前、蓮華に注意された。

「澪様、今日はくれぐれも用心してくださいね。何もないといいのですが、例えば毒を仕込んだりされるかもしれません。この間の事件も、解決していませんし……」

海へと身を投げた三人のことを思い出し、少し暗い気持ちになる。

宮中では誰も触れないようにしているけれど、みんな不可解に思っているはずだ。

「侍女以外から受け取ったものは、絶対口にしないように気をつけてください」

その言葉に、私は気を引き締める。

「うん、分かった」

桃の咲いている中庭に到着すると、美しい妃嬪たちが待っていた。

四夫人はそれぞれタイプの違う美女たちで、思わず見惚れてしまう。

こんなにかわいらしい妃嬪がたくさんいるのに、浩然は今まで誰にも興味を示さなかったなんてもったいない。改めてそう思った。

宴が始まり、しばらくは和《なご》やかな空気が流れていた。

徳妃は二胡《にこ》で美しい音色を奏で、宴席は雅《みやび》な雰囲気に包まれる。私もその音色にうっとりと耳を傾けながら、点心を食べていた。

すると淑妃や徳妃、賢妃たちがこちらに集まってくる。

後宮の中でも正一品、選りすぐりの美女たちだ。

三人並ぶと圧倒されるような華やかさで、女の私も思わず息をのんでしまう。

「わたくしたち、ずっと神子様とお話ししたいと思っていたんですのよ」

「陛下から、ご寵愛されているとか」

「いつもどんな風に陛下と過ごされているのか、聞かせてほしいですわ」

三人は口調こそ穏やかだが、思いきり牽制《けんせい》されている。

私のことが気になるのは分かるけれど、本当に何もないのに。

私は引きつった笑顔で秘密兵器を差し出した。

「それより皆さん、よかったら私が持って来たお菓子を食べてみてください」

そう言うと、彼女たちは目を丸くする。

「あら、何かしらこれは？」

「これは琥珀糖です」

「聞いたことがないわ」

「これ、本当に食べられるの？　まるで宝石のようよ」

「もちろん。おいしいですよ」

淑妃は琥珀糖を手に取り、太陽の光にかざす。

「透明で、キラキラしているわ」

淑妃の瞳は、興味津々という感じに輝いている。

淑妃の侍女が焦って彼女に話しかける。

「あの、念のためわたくしが……」

侍女に声をかけられた淑妃は、ハッとしたように琥珀糖を侍女に渡す。

「あっ、そうね」

一応毒味をした方がよいのではないかと言っているのだろう。

私は山になっている琥珀糖をひとつ手に取り、口に運んだ。

「大丈夫です。甘くておいしいですよ」

侍女が、おそるおそる琥珀糖を口に運ぶ。

そして、目を丸くした。

「んっ！　甘い……。これは砂糖ですか？」

「ええ、おいしいでしょ？」

「はい！　なんて贅沢《ぜいたく》なのでしょう」

淑妃の侍女がコクコクと頷く。

彼女の反応を見た淑妃や徳妃、それに賢妃も思わず目を見張る。

「さぁ、皆さんもよかったらどうぞ」

三人は顔を見合わせて、琥珀糖を手に取る。

「あら本当、甘くておいしいわ」

「不思議な食感。こんな食べ物、初めてだわ」

「わたくしも食べます！」

彼女たちは我先にと琥珀糖を食べ、幸せそうな笑みを浮かべる。

「もうひとついただいてもいいかしら？」

「もちろんです。たくさん用意してきたので、いくらでも召し上がってください。お茶にも合うと思います」

やはり後宮の美姫《びき》とはいえ、若い女の子たちだ。珍しくて綺麗な甘い物が好きなのは、どの国でも同じらしい。

私はひとまずお土産作戦が成功したことにほっとする。

彼女たちは年相応の少女らしく笑いながら言った。

「神子様、あなたの国には、こんなにおいしい食べ物が他にもあるの？」

「はい、色々あります。この国とは、文化が異なっていますから。白陽国の文化も興味深いですが」

「それなら、またお茶会を開きましょう。その時にも、振る舞っていただきたいわ」

「もちろんです。ただ、この国にある材料で作れる物は限られるかもしれませんが。何か考えておきますね」

そう返事をすると、淑妃たちはキャッキャと喜んだ。

それから、私は正一品のお姫様がひとり足りないことに気づく。

確か、四夫人だから四人いるはずだ。

しかし貴妃である蘇紅花《ホンファ》だけは、自分のひな壇に座ったままで、こちらに近づこうともしない。

まぁ私も元から騒がしいのが好きな性格ではないから、気持ちは分かる。近づきたくないのに、わざわざ声をかけると迷惑だろうか。

とはいえ、ひとりだけ放っておくのもの け者にしているようで居心地が悪い。

そう考えながら周囲を観察し、違和感に気づいた。

飲み物を運んでいるひとりの下女の心が、迷いを帯びた灰色に染まっている。

敵意や悪意を示す色ではない。

どうやら、ずいぶん悩んでいるようだ。

そもそも、心の色を見なくても彼女の顔は青ざめているように見えた。

彼女はどうしてあんなに憂鬱《ゆううつ》な顔をしているのだろう。

彼女は湯《スープ》の入った器を運んでいる。

私はさりげなく下女に近づいた。

蓮華の「毒に気を付けて」という言葉を思い出す。

彼女の持っている飲み物に、何か入っているのだろうか。

「ねぇ、あなた」

そう告げると、下女はさらに青い顔になる。

「はっ、はい……。神子様」

「その湯をいただけるかしら？」

「あ、……」

そう言われた彼女の顔は、さらに青くなった。

私は半ば強引《なか》に下女から器を受け取り。

それから、わざと手を滑らせたふりをする。

湯はこぼれ、器はひっくり返って、彼女の持っていた盆の上に流れた。

「ごめんなさい！　手を滑らせちゃった」

「いえ、いいのです」

彼女の心が、安堵《あんど》している色に染まった。

そして下女が、様子をうかがうようにある方向を見たのを見逃さなかった。

視線の先にいたのは、蘇紅花だ。

紅花が下女に命令して、湯に何か仕込んだのだろうか。

きっと、心の色が見えなければ下女の様子にも気づけなかっただろう。

紅花は貴妃だから、後宮では一番皇后に近い立場のはずだ。

年は確か、蓮華が十四歳だと話していた。

赤い襦袢姿と、華やかな髪飾りがよく似合っている。まるで人形のように愛らしい顔立ちだが、何やらむっつりと怒っている表情だ。

私は紅花の座っているひな壇に近づいていく。

そして用意していた琥珀糖を紅花にすすめた。

「よかったら、おひとついかがですか、蘇貴妃」

彼女はあからさまに顔を顰め、襦袢の袖で口元を覆った。

「そんな怪しいもの、食べられません」

「でも、甘くてとてもおいしいですよ。ほら、他の妃嬪もおいしいと仰っていましたよ」

彼女もどんな味か気になってはいるらしく、小さく呻《うめ》いた。

「異世界の料理です。この国では珍しいですよ」

彼女はキッとこちらを睨みつけて言った。

「いらないと言っているでしょう」

「それでは、何かお話をしませんか？」

「話？」

「ぇぇ。今日は何か、私に話したいことがあってこの宴を開いたのではないのですか？」

そして、彼女の近くで小さな声で囁いた。

「少なくとも、食べ物に毒を仕込むよりは、その方が有意義では？」

その瞬間、彼女は立ち上がって声を荒らげる。

「無礼者っ！」

紅花はカッと目を見開き、近くにあった茶杯を持ち上げ、中に入った茶を私の顔に浴びせかけようとした。

咄嗟に身体を傾け、茶がかかるのを避ける。

茶は私のすぐ側にこぼれ、茶杯は地面に落ちて割れてしまった。

周囲の宮女たちが悲鳴をあげる。

近くに控えていた蓮華は、驚いて私に駆け寄ってきた。

「火傷《やけど》していませんか、澪様!?」

「平気よ、避けられたから」

服の袖は濡れたけれど、幸いそれだけだ。

貴妃の侍女たちは、青ざめた顔で私たちの様子を眺めている。

「蘇貴妃様……！」

「どうなさったのですか!?」

紅花の侍女たちが、おろおろと彼女と私を見比べている。

紅花の心は、怒りと焦りで渦巻いている。

きっと、彼女は不審に思っているはずだ。

紅花が湯に何か仕込んでいても、私はそれを飲んでいない。なのに、どうして毒が入っていると分かったのかと。

私は視線を真っ直ぐ紅花に向けた。

睨まれているように感じたのか、紅花の神経を逆撫《さかな》でしたようだ。

紅花は金切り声で叫んだ。

「あなたの態度っ、目に余ります！」

私はその言葉に頷いた。

「確かに、私は知らないことばかりだから。きっと後宮の方々にご迷惑をおかけしたこともあったでしょう。だからと言って、突然お茶をかけるのはどうかと思う」

「神子だからって、特別だと思わないでくださいっ！　あなたなんて、異世界から来たから、物珍しくて陛下の寵愛を受けているだけです！」

その言葉に、私は淡々と答えた。

「ええ、確かにその通りだと思う」

浩然が私のことを気にする理由など、それ以外ないと本心から思っていた。

だからそう答えたのだけれど、その様子がますます紅花の苛立ちを募らせたようだ。

「まるで自分は特別だとでも言いたいようですね！」

「そんなこと思ってない。でも言いたいことがあるなら、最初からそうやって堂々と言えばいいじゃない」

紅花はわなわなと唇を震わせて叫ぶ。

「不愉快だわ！　立ち去りなさい！」

私は紅花に頭を下げて言った。

「そうね、部屋に帰る。今日はお誘いありがとう」

そう告げて、蓮華たちを連れ、瑠璃宮へと戻ろうと背中を向ける。

去り際、紅花は捨て台詞を吐いた。

「言っておきますけれどわたくしには、あなたなんかより、陛下とずっと深い絆《きずな》があるんですから！」

その言葉が、チクリと胸を刺した。

瑠璃宮に戻り、溜め息をつく。

久しぶりに初対面の人とたくさん話したからか、ぐったりした。

私は寝台にごろりと横になった。すべてが面倒だ。

「他のお姫様と仲良くなる作戦は、うまくいかなかったな」

それを聞いた蓮華は苦笑して言った。

「澪様が頑張っていらっしゃったので、うまくいくことをお祈りしていたのですが」

そうなのだ。私にしては珍しく、お姫様たちと円満に過ごしたいと思って、自らお菓子まで作って参加した。

この国に来てから、以前よりはずっと社交的になっているような気がする。

蓮華という友人が出来たことも、大きな理由のひとつだろう。

けれど、他の妃嬪との交流はうまくいかなかった。慣れないことはするものじゃない。

「でも、貴妃様以外は喜んでいらっしゃったじゃないですか！」

「確かに、淑妃や徳妃、賢妃はまたお茶会を開くと言ってくれた」

「それだけでも大きな収穫ですよ！」

「うん、そうかも」

蓮華の優しいフォローが傷心《しょうしん》に染み渡る。

「それよりお怪我はありませんか、澪様？」

「うん、水を浴びせられるのは叔母の家にいた時によくやられて、慣れてる。上手に避けられたでしょ？」

その言葉に蓮華が嘆く。

「うぅ、慣れているのは慣れているで、いいことでもないような気がしますが。とにかく澪様にお怪我がなくてよかったです」

襦裙の裾が濡れたので、新しい襦裙に着替えないといけない。幸い、替えの服ならいくらでもあるのだ。

「貴妃は私のことが嫌いみたいだね。まぁどこの馬の骨とも分からない人間が突然皇帝と親しくしていたら、怒るのも無理はないかも」

「一体何があったのですか？」

私は青ざめた下女の顔を思い出して言った。

「おそらく、貴妃が料理に何か仕込んでたんだと思う」

「えっ！　それは、毒ですか⁉」

「分からない。怪しい気配がしたから、事前に気が付いて口にせずにすんだけど、それを指摘したら怒らせてしまったの」

蓮華は困ったように眉を寄せた。

「それは、どうしようもないですね……」

「もう少し穏便《おんびん》に言えればよかったんだけど。私だけならともかく、他の瑠璃宮の侍女たちが毒を口にしてしまう可能性もあったから」

もし蓮華や他の侍女が私への嫌がらせのとばっちりで毒の入った料理を食べていたらと考えると、やはり笑って許すわけにはいかなかった。

「別に喧嘩したいわけじゃないけれど、私は本が読めれば幸せだし。殺されないように気を付けて、また他の妃嬪とは没交渉に戻ろうかな。友人なら蓮華やうちの侍女たちがいてくれればいいもの」

その言葉に、蓮華が感動したように瞳をうるませる。

「澪様っ！　蓮華は、一生澪様をお支えしますからっ！　何があってもお守りします！」

「ふふ、頼りにしてる」

私はその様子に笑いながら、紅花が言っていた言葉を思い出す。

浩然と紅花の深い絆とは、一体なんだろう。

今まで浩然と紅花が話しているところを見たことはないけれど、それはあくまで私が後宮に来てからの話だ。それ以前には、何か繋がりがあったのかもしれない。

浩然は今まで妃嬪の誰にも興味を持たなかったと言うけれど、どこまで本当なのかは私も知らない。

浩然にとって特別な妃がこの後宮にいてもおかしくはない。

私は目蓋を閉じて、再び小さく溜め息をついた。

観桃の宴の数日後。

私は紅花が体調を崩し、自分の宮に籠もっているという話を耳にした。

「貴妃、具合が悪いの？」

蓮華に問うと、彼女も不思議そうに首を捻る。

「よく分からないんですが、あの宴の日からずっと部屋に閉じ籠もっているとか」

どうしようか迷った挙げ句、私は蘇紅花の宮である朱華宮《しゅかきゅう》へと足を運んだ。

宴で喧嘩のようになってしまったし、それが原因で紅花が籠もっているのなら少し責任を感じる。それにどうして毒を盛るほど怨まれているのか、分からないのは気持ちが悪い。

後宮にいればまた顔を合わせる機会もあるだろうし、もう一度彼女とふたりで話したい。

最初は朱華宮の侍女に声をかけたが、やはり「貴妃は体調が良くないので、会いたくないと言っている」という理由で断られた。

それから私は、連日朱華宮に通った。

どうせやることもないし、毎日声をかけるだけなら苦ではない。

それに部屋に籠もっているなら、退屈だろうとおすすめの本を紅花の侍女に届けてもらうことにした。

時には朱華宮の前にある桟《さん》にもたれ、紅花に聞こえるよう、書物を朗読することもあった。

侍女たちは戸惑っていたが、私を止めようとはしなかった。

こんな行動をする人間などいなかったから、対応に困っているのだろう。

紅花に声をかけ始めて十日が経過しようという頃、やっと紅花が折れた。

どうしても話したいと言うと許可が下りたらしく、侍女は紅花の部屋の中へと案内してくれた。

紅花の部屋は、赤と茶の家具で統一されていた。

「しつこい女ですね」

私の顔を見た途端、紅花はそう呟いた。

紅花は侍女を退室させ、怨みがましい視線でこちらを睨む。

「あなたはなぜここに来たのですか」

「体調を崩していると聞いて、心配だったの。私の責任もあるかなと思って」

紅花はまだ固い表情を崩さない。

「心配している人間の態度ではなかった気がしますが」

「うるさくしたのは少し反省してる。それと、もうひとつ、個人的な感情で」

「個人的な感情？」

「以前、はお……陛下と特別な絆があると言っていたのが、ずっと気になってたんだ」

それは私の心の中で、ずっと引っかかっていたことだった。

浩然が他の妃と特別な絆があっても、誰を寵愛しようと、彼の自由だ。

それなのに、私はふたりに何があったのかを知りたいという、情けない感情を消すことができない。

わざわざ確認しに来るなんて、浅ましいと思われても仕方ない。

「あれはっ――！」

紅花が弾かれたように顔を上げる。

私から視線をそらし布団を固く握りしめ、小さな声で呟いた。

「わたくしが後宮に入る前、陛下に助けられたことがあるんです」

「助けられた……？」

「はい。わたくしは、蘇家――貴族の生まれで、わたくしの母は皇太后《こうたいごう》の親族なんです」

「皇太后というのは、陛下の母君？」

彼女は静かに頷いた。

「えぇ。だからわたくしは、皇族と血が薄く繋がっています。そのことで、わたくしを皇后に祭り上げようとする一派がいるのです」

「そうなんだ……」

「後宮に入る前、わたくしは蘇家と対立する貴族の謀らいで、さらわれそうになったことがあるんです。その時偶然視察をしていらした陛下が、悪漢《あっかん》を倒し、わたくしを助けてくれたのです。わたくしは一目で彼に恋をしました」

その言葉に、私は少し驚いた。浩然が自ら進んで人助けをするのは意外だった。

「そんなことがあったの」

「ええ。わたくしはすぐに後宮に入ることを志願し、彼に再び会える日を待ち望みました。血筋と周囲の宦官の助けもあり、わたくしは少しずつ位をあげ、数年かけて貴妃になりました。しかし――」

紅花は言葉を切り、寂しげに項垂れる。

「陛下はわたくしのことを、一切覚えていませんでした。それに、わたくしに何の興味も示しませんでした。あの時助けていただいたのも、ただ彼が民を大切に思ったからという、それだけの行為。わたくしが一方的にお慕いしていただけです」

彼女は絞り出すように言った。

「全部嘘。……特別な絆など、ないのです」

「そんな……」

紅花は自嘲《じちょう》するように微笑んだ。

「絆があると言ったのは、ただの見栄です。突然現れたあなたが、陛下から寵愛を受けるのが、羨ましくて」

私は何も言えなくなった。

何年も浩然のことを思っていた紅花の気持ちの方が、私よりもずっと強いことが分かっているからだ。

「もしあなたが陛下にわたくしのことをたずねたらと思うと、気が気でありませんでした」

「理由は分かった。でも、さすがに料理に毒を入れるのはやり過ぎだと思う」

「毒……」

彼女は不審そうに眉を寄せた。

「そのことですが、どうして分かったのですか？」

「え？」

「だって、料理を口にしたわけではないし、あの下女が何か言ったわけでもないのでしょう？」

彼女の心の色は、本当に不思議がるように色づいていた。

「えぇと……下女の様子が何かおかしかったから、予感がしたの」

そう答えると、紅花は頷いた。

「そうですか。ですがあの料理には、何も入っていませんでした」

その言葉に、思わず目を見開く。

「本当？　何も入っていなかったの？」

「はい。……実は、薬師《くすし》に頼んで毒を調合してもらいました。直前まで、確かにその毒をあなたに使おうと思っていたのです。あなたに毒を飲ませれば、もう陛下に近づくこともできなくなると」

計画が成功していたらと考えると、ぞっとする。

「そのことを、下女にも命令しました。この湯を、何とか神子に渡しなさいと」

それから紅花は頭を横に振る。

「でも、やっぱりできなかった。それを食べたらあなたが死ぬのだと考えると恐ろしくて、毒を入れる直前に怖じ気づいて捨ててしまいました」

「そうだったの」

あの料理には、何も入っていなかったのか。

心の色を見て過信しすぎるのはよくない、と後悔する。あまりに突拍子もないことを言えば、本当に不敬罪で首をはねられても仕方がない。

紅花はこちらを見て言った。

「けれど、わたくしがあなたに害を与えようとしていたのは事実です。だからそれを見透かされて、動揺してしまいました。部屋に籠もってたのも、あなたがそのことを広めたら、わたくしは処罰されると思ったからです」

紅花は襦袢で口元を覆い隠し、青い顔でこちらをうかがう。

「今さら、何を言っても遅いのは分かっています。わたくしの罪を暴《あば》きたいのなら、あなたの気のすむようにしてください」

私は首を横に振った。

「別に、私はあなたを裁きたくてここに来たわけじゃない」

それから、持って来ていた琥珀糖を差し出す。

紅花は私と琥珀糖を見比べ、顔を顰める。

「それなら、どうしてしつこくわたくしに声をかけたんですか？」

「本当のことを知りたかったから。もちろん、これにも毒は入ってないよ。宴を開いてくれたのはあなたでしょう。あなたのために作ったお菓子なのに、食べてもらえなかったのが気になったんだ」

紅花は複雑そうな表情で、琥珀糖を手に取る。

それから口に運び、小さく笑った。

「……淑妃たちの言っていた通り。甘くておいしいです」

私はほっとして言った。

「それならよかった。じゃあ、これでこの間の宴のことはお終いにしましょう」

紅花は怪訝な顔をする。

「まさか、あなたわたくしを許すつもりなんですか？」

「うん。これからもまた、料理に毒を仕込むつもりなら別だけど。そうではないでしょう？」

紅花は一瞬私を睨み。それから声を立てて笑う。

「本当に、あなたという人は……。そんな甘い態度だと、すぐにつけこまれますよ。この国には、のんびりしている妃が多いとはいえ」

「私、人付き合いが苦手だけど、この後宮の人はそんなに嫌いじゃないんだ。だからあなたとも、仲良くできるならそうしたい」

紅花は細い声で告げる。

「わたくしはずっと、あなたが羨ましかったのです」

「羨ましかった？」

「ええ。あなたは後宮のしきたりに縛られず、物語を読んだり、下女に字を教えたり、好き勝手しているでしょう」

「うん」

「でも、そんな風に自由に振る舞えるあなたが羨ましかったんです。この海に沈んだ檻《おり》の中で、あなただけは生き生きしているように見えて、眩しかった。きっとしがらみに囚われない自由なところに、陛下も惹かれたのですね」

それから紅花は背筋を伸ばし、真っ直ぐに私を見据えた。

「わたくしは、これからもっと正々堂々とします。四夫人のひとりですし、陛下のことを諦めたわけでもありません。機会が失われたわけでもありません。だから、これからもあなたと戦います」

私は彼女のことを美しいと考えながら、頷いた。

「うん。嬉しい」

その返事に、紅花は顔を顰める。

「なぜ嬉しいのですか？　本当におかしな人ですね、あなたは」

紅花の部屋を去る際、彼女は小さな声で呟いた。

「……来てくれて、ありがとうございました。少しだけ、元気が出ました。明日の朝儀には、参加しますから」

「うん。待ってる」

「それと」

私はもう一度紅花の方へ振り返る。

「あなたの持って来てくれた物語、面白かったです。続きは書庫で借りられるのかしら？」

私はその言葉に頷いた。

「うん、私いつも書庫に居座っているから。続きが読みたかったら、いつでも案内するよ」

そう返事をすると、紅花は初めて屈託《くったく》のない笑みを浮かべた。

私は彼女に手を振って、朱華宮を後にした。

六章　黄黎国での出会い

紅花との騒動が落ち着いて数日経った。

瑠璃宮では、蓮華がいつもに増して張り切ってせっせと私の服を見繕っていた。

「澪様、今日は特別華やかな服装で、澪様の美しさを他国の龍神様にも見せつけましょう！　あたしの腕の見せ所です！」

「普通でいいよ、普通で」

私はこれから、浩然と共に黄黎国へ向かうことになっていた。

何やら重大な任務らしいけれど、ここ数日は浩然も仕事で忙しいらしく、部屋へのお召しもなかったので彼の顔を見ていない。

今回黄黎国へ行くのも、なぜなのかいまいち分かっていない。

とはいえ、別の国に行けるというのはそれだけで少しわくわくする。

いつも着ている襦裙とは少し違い、今日は礼服を着用するらしい。

金の刺繍で牡丹《ぼたん》模様の織り出された白い長裙《ちょうくん》を纏う。帯は金色のものを重ねて結び、薄い金色の披帛《ひはく》を羽織った。

私は鏡の前で、そわそわと落ち着かない気持ちでいた。

「少し派手すぎない？」

「白陽国の皇帝陛下の寵妃様ですもの。もっと華やかでもいいくらいですよ」

蓮華がいつも以上に念入りに結い上げた髪に金簪《きんかん》を挿し、赤い宝石の玉簪《ぎょっかん》と白い絹花を飾る。

顔には白粉をはたかれ、唇には薄く紅をひく。

いつもより念入りに化粧をされると、まるで別人のように見えた。

「美しいです、澪様！　澪様はいつも美しいですが、今日はさらに美しいですっ！」

「ありがとう、蓮華」

蓮華とその他の侍女も、私と揃いの色の襦裙を身につける。

服装が普段と変わると、背筋が伸びる気がした。


やがて浩然の付き人と私の侍女たちは、黄黎国に向かうことになった。

浩然も今日は正装で、白と金を基調にした冕服《べんぷく》と冠を身につけている。

その姿は、普段よりさらに彼の神々しさを引き立て、私は自然と視線を奪われた。

目が合うと、浩然はにこりと微笑んだ。

「今日は一際美しいな」

その言葉に思わず顔を引きつらせると、浩然は楽しそうに笑った。からかわれたのだろうか。

それから海の中を移動することになったが、その移動手段に度肝を抜かれた。

浩然が用意したのは馬車ではなく、人間の身体ほどの大きさの巨大なタツノオトシゴだった。

タツノオトシゴは数匹横に並んで、その身体には手綱《たづな》が結ばれ、球型の荷車が取り付けられている。

私は口をぽかんと開き、浩然に問いかけた。

「これは何？」

「これはタツノオトシゴだ。海馬《かいば》とも呼ぶな。海を渡る時、こいつに引かせると早くて便利だ」

私はしげしげとタツノオトシゴを観察した。

口はつきだしていて、尻尾はくるりと丸まり、硬そうな皮膚なのは普通のタツノオトシゴと変わりない。私の知っているものは、せいぜい数センチだけれど。

「到着まで、半日ほどかかる。しばらく休んだ方がいい」

私たちが荷車に乗り込むと、タツノオトシゴはすいすいと海の中を泳いで、前進して行く。

私は荷車の窓に張り付いて、外の景色を眺めた。

「あいかわらず海の中は、どこを見ても綺麗」

青い海の中を、色とりどりの魚たちが泳いでいる。

こうやって水中を進んでいると、まるで自分も海の生き物になったようだ。

浩然には休んだ方がいいと言われたけれど、私はただただ海の中の光景に見惚れていた。

数時間が経過し、やがて遠く離れた場所に金色の国が見えた。

私は再度窓に顔を寄せた。

「あれが黄黎国？」

隣にいた蓮華が返事をした。

「きっとそうです、澪様！」

「すごい、国全体が光っているみたい」

城全体も、その周囲を覆う城壁も、すべてが金色に光り輝いている。

綺麗だけど、見ているとちょっと目がチカチカするかもしれない。

そう言えば、浩然が黄黎国の皇帝は派手なのが好きだって話していたっけ。

黄黎国の門が開き、中に案内される。

荷車から降りて周囲を見渡した。

やはりこの城も海の中にあって、泡に包まれていた。

やがて浩然と私たちは、謁見の間に案内されることになった。

城の内部もどこもかしこも金色で、金色の龍の装飾や壁画がいたるところに飾ってあった。

私は何かの本で、古代の中国では黄色が一番徳の高い色だと読んだことがあった。

また紫も高貴な色で、赤はめでたく、逆に白は哀悼《あいとう》を表す色だと。

しかしどうやらこの五国は対等で、そういう色によっての優劣はないようだ。

やがて、金色の長髪の貴人が現れた。

目は少し垂れ目がちで、穏やかで優しそうな顔立ちをしている。

金色の長い髪に金色の瞳、通った鼻梁《びりょう》と薄い唇。儚《はかな》げな顔立ちで、皇帝というよりは女神の方が似合うなと思ってしまう。

身体の線も細い。ただ弱々しさは一切なく、神々しさや寛大さが漂っていた。

年齢は、二十代前半くらいだろうか。

どうやら彼が黄黎国の皇帝である黄龍らしい。

彼が身につけている金色の衣と同様に、彼の周囲は、金色のオーラを纏っていた。

黄黎国の皇帝は私たちを見て、笑顔で言った。

「やあやあ、遠い所へ来てくれてどうもありがとう」

「いや、色々話したいこともあったからな」

皇帝は私の前に立ち、興味深そうに笑みを作る。

「君が異世界からの神子かい？」

私は頭を下げて、皇帝に挨拶をした。

「はい。白河澪と申します。お目にかかれて光栄です」

「僕は黄憂炎《コウユウエン》。黄黎国へようこそ、神子。やっと会えたね！」

そう言って、彼は私に抱きついてくる。

「えっと……!?」

私が戸惑っていると、浩然がそれを引き剥《は》がした。

「距離が近い！」

浩然は憂炎が私に近づけないように手でガードするが、まったく堪えた様子はない。

「君たちを歓迎するよ」

私は苦笑しながら憂炎に挨拶をした。

「ありがとうございます」

見た目通り、明るく親しみやすそうな人だ。

まるで、お日様みたいな人だと思った。この世界にある物すべてを照らすように、
彼の笑みは温かく慈悲深い。

金色の国を作るくらいだから、もっと豪快な人だと想像していた。

何より驚いたのが、彼の心の色が見えることだ。

彼の心は私たちへの興味を示すオレンジと、私たちを心配するような色味の茶色に彩られていた。

てっきり浩然と同様に、龍の血を引く人の心の色は見えないものだと思っていた。

だがこうやって憂炎の心が見えるということは、やはり浩然が特別なのだろうか。

それから私たちは広間に案内された。私は浩然の隣の席だった。

黄黎国の妃嬪たちが歓迎の儀式として舞を踊ったり、美しい琵琶《びわ》や琴を奏でてくれる。

酒や料理も目の前に山のように積まれている。

白陽国より、全体的に料理の味付けが辛口だった。やはり国が違うと、料理の味も違うのだなと感心する。

あまり食べ過ぎるのもよくないかと思ったけれど、料理はどれも絶品で、ついつい箸が進む。

歓迎の儀式が終わった後、私と浩然だけが憂炎の部屋に通された。

憂炎の部屋は、やはりどこもかしこも金色の家具や調度品でキラキラ輝いていた。

憂炎は人懐っこい表情で言った。

「わざわざ遠くまで来てくれて、本当にありがとう。浩然はもちろん、神子もね」

「いえ、そんな」

私はいつも後宮で本を読んでいるだけだし。

憂炎にすすめられ、三人とも席につく。

憂炎の心は、喜びに彩られた桃色に染まっている。

「まさか生きているうちに、本当に神子に会えるとは思っていなかったよ」

「こちらこそ、お会いできて光栄です。えっと、皇帝陛下」

たどたどしくそう告げると、憂炎はくすくすと笑った。

「そんなに緊張しなくてもいいよ。神子は別の世界の人なんでしょう？　僕のことは憂炎と呼んで」

「でも……」

憂炎は私の手を握って言う。

「大丈夫！　他の人間ならともかく、神子なら大抵のことは許されるから」

私は戸惑いながら彼に返事をする。

「そう？　分かった、憂炎。でも、私が本当に神子なのかは、自信がなくて……」

すると彼はゆるりと首を横に振り、優しいが譲らない口調で断言した。

「ううん、君は確かに神子だよ。僕たち龍神には分かるんだ。君が特別な人だって。

初めて見た時に、確かにそう思ったよ。きっと、これが龍神と神子の絆なんだろうね」

「そうなのかな……」

「そうだよ！　僕たち龍神は、生まれた時から君に会うことを願ってきたのだから。本当に君に会えて嬉しいんだ！」

憂炎は立ち上がり、横の席に座っていた私をぎゅっと抱き締める。

浩然が顔を顰め、すかさず憂炎と私を引き剥がした。

「おいっ、最初に挨拶した時も思ったが、いくら何でも距離が近いぞ！　澪にべたべたと触るな！」

憂炎は口を尖らせる。

「ええ、いいじゃんケチくさい」

「龍神のお前だからこのくらいですんでいるが、もし他の男だったら八つ裂きにしていたところだ」

そう告げる浩然の目は笑っていない。

「浩然、嫉妬してるの？　嫉妬深い男はモテないよ？　神子もそう思うでしょ？」

私は浩然の予想外の反応に驚いた。もしかして浩然、本当に憂炎に嫉妬しているのだろうか。

浩然は無理矢理憂炎を椅子に座らせた。

「ほら、大切な話があるんじゃなかったのか？」

ふたりが真剣な空気になったので、私も耳を傾けた。

浩然が真剣な声で言った。

「ここに来るのが遅くなってすまない。本来なら、神子が現れた時、すぐに五国で情報を共有すべきだった。だが……」

憂炎も事情は分かっているという風に、真剣な表情で頷いた。

「問題は黒影国だね」

確か龍神が治める国は、白・黄・黒・赤・青の五国。

浩然が治めるのは白陽国、そして憂炎が治めるのが黄黎国。

私は躊躇いがちに浩然に問いかけた。

「どうして黒影国が問題なの？」

「黒影国の皇帝、黒劉帆《コクリュウホ》が少し面倒なやつなんだ」

浩然たちは、私に事情を説明し始める。

「俺たち龍神は、それぞれ特別な能力を持っている」

「特別な能力？」

「あぁ。そして劉帆の能力は、人の心を操るというものなんだ」

その言葉にぎょっとして目を見開く。

「人の心を操る⁉」

「そうだ。本来口外は禁忌《きんき》として、互いの龍神だけがその秘密を知ることを許されている。だが黒影国に仕える者たちも、薄々気が付いているだろうな」

人の心を操るなんて、そんなのめちゃくちゃだ。

浩然はさらに話を続けた。

黒影国には、数人の皇子がいたようだ。

そして第一皇子の黒燗流《カンルー》と第二皇子の黒劉帆は双子だという。

「龍神の血を受け継ぐ者は、ひとりじゃないの？　確か父親が死ぬと、子供にその力が受け継がれるんでしょ？」

浩然が言った。

「あぁ、通常はひとり選ばれた者が、龍神の血を受け継ぐ。基本的には第一皇子だけがを持つ。だが黒影国の劉帆と燗流は、双子だからか珍しくどちらも龍神の力を持っているらしい。劉帆の方は人を操る力、そして燗流もおそらく同様の力を持っているはずだ。それが、王座争いを過熱させる一因になったようだ」

黒影国ではふたりの間で王座を巡り、国全体を二分するほどの激しい争いが起こっていたという。

第一皇子である黒燗流は穏やかで優しく、少し気が弱いが国民思いの少年だった。

植物を愛し、虫も殺せないような性格だと言う。

だからこそ、人を操る力を利用することはほとんどなかったらしい。

対する劉帆は社交的で攻撃的で、冷酷な面があるが、人々を引きつける華がある少年だった。

そして彼は、自らの力を利用することに一切躊躇《ちゅうちょ》しなかったと言う。

だが爛流が十四歳の時に、王座争いは呆気なく決着がついた。

「どうして？」

「皇帝が自ら命を絶ち、宦官や役人も皇帝に続いて命を絶った。結局第一皇子である爛流が玉座についたんだ」

私は驚いて息をのむ。

「まさか、それが第二皇子の劉帆の仕業なの？」

浩然が険しい表情で頷く。

「劉帆が本当に力を使ったのかどうかは、目の前で見ていなかった俺たちにはハッキリ分からない。もし力を使ったとしても、証明できる者などいなかった。だから表向きには、病気や事故だったと発表された。だが状況から見て、劉帆の能力の仕業なのは、まず間違いないだろう」

「でも爛流は、劉帆と同じように人の心を操る能力を使えるんでしょう？　どうしてその力を使わなかったの？　いくら双子の弟の行いでも、お父さんの命を奪おうとしているなら、止めると思うけれど……」

浩然は首を横に振った。

「分からない。力の発動に何か条件があって、劉帆によってそれが封じられていたのかもしれない。そして黒影国の者たちは、皇帝たちの死が劉帆の仕業だという確固たる証拠はつかめなかった。燗流を守っていた宦官や役人がいなくなってしまえば、ただの子供だ。燗流ひとりでは、武人たちに抵抗する術がない」

私は思わず眉をひそめる。

「それなら一緒に燗流も葬《ほうむ》ってしまえば、劉帆は自分が皇帝になれたんじゃないの？」

「さすがに皇帝と一緒に燗流を葬るのは、やりすぎだと思ったのか、もしくは力を使う時に不都合があったのか。どちらにせよ、生かしているということは、何らかの利用価値があったのだろう」

自分の父親を殺して、双子の兄弟を利用するなんて、本当だったらあまりに恐ろしい人だ。

「それに後ろ盾を失った燗流は、完全に劉帆の傀儡《かいらい》だ。面倒なことはすべて燗流に任せ、裏で好き勝手に振る舞う方が楽だと考えたのだろう。黒影国の宦官たちは、皆劉帆派の者で固められている。それに当の燗流本人は、病を患ったという噂でもう何年も表に現れていない。命までは奪われていないようだが、劉帆に刃向かわないよう、ほぼ幽閉されているのだろう」

そのせいで人々は餓え苦しみ、国は荒れ果てていると言う。

劉帆は民に重い税を課し、好き勝手しているそうだ。

「でもそれでは、黒影国の人たちも納得しないんじゃないの？」

「あぁ、黒影国の民は当然反発し、反乱を企てた。しかし、その声もすぐかき消されてしまった」

「どうして？」

「劉帆が、自分に逆らう民の粛正《しゅくせい》を始めたからだ」

「そんな……」

「反乱を鎮めるため、逆らう民は兵を出して、手当たり次第に殺したそうだ。反乱軍の長をしていた人間を見せしめにしたのを始め、数千人の民が命を落としたという。それ以来、劉帆に逆らえる者はいなくなった」

その光景を想像し、恐怖で口元を押さえる。

「皇帝は、民を守るものじゃないの？」

それまで静かに耳を傾けていた憂炎が、沈痛な面持ちで深く頷く。

「その通りだよ。国が成り立っているのは、民がいるから。民は国の宝だ。皇帝は、民が豊かに暮らせるよう尽力すべきなんだ。それなのに、私利私欲のために民の命を奪うなど、許されることではないよ」

浩然は顔を顰めて忌々しそうに言った。

「黒影国の民は、今も恐怖で抑えこまれ、餓えと重い税に苦しんでいる。残酷な話だ」

「ひどすぎる……」

私はもし、自分が降り立っていた場所が黒影国だったらと想像する。

そんな残虐《ざんぎゃく》な皇帝に捕まっていれば、どんな扱いを受けたか分からない。想像するだけで寒気がした。

最初に私を見つけてくれたのが浩然で良かったと改めて考える。

劉帆の行いに、他の四国の皇帝たちも苦い顔をしているらしい。

「黒影国の人々を救うため、どうにかできないの？」

「せめて他国に亡命しようとしている民だけでも救おうと考えたが、黒影国に手出しをすれば、大きな争いになる。そうなれば、我が国の無関係な民も大勢命を落とすことになる。他の四国と連携して何とか状況を変えられないかと働きかけてはいるが、状況は芳しくない。白陽国と黄黎国は同盟を結んでいるが、あとの二国は中立状態で様子見している状態だ」

「そっか……」

私は俯いて口を噤《つぐ》んだ。

私が考えつくようなことなど、とっくに浩然や憂炎は試しているに決まっている。

浩然には皇帝という立場がある。他国の政事に口出しするのは、簡単なことではないだろう。

憂炎が深刻な表情で言った。

「黒影国は心配だけど、それより重大な問題が起こったんだ」

「深刻な問題というのは？」

憂炎は私を真っ直ぐに見つめて言う。

「神子に危機が迫っている」

「えっ……？」

突然の言葉に、絶句してしまう。

自分の身が危ないと言われて、ぞくりとした。

浩然がその言葉を引き継いだ。

「憂炎には、未来を見通せる力があるんだ」

「そうなの？　すごい……」

憂炎は照れくさそうに笑った。

「ただし、自分の未来は見ることができず、他人のことしか分からないんだけどね。それで、うっすらと神子と浩然の姿が見えたんだ。本人が近くにいた方がより正確な先見《せんけん》ができるから、浩然とあなたをこの国に招いたというわけだよ」

浩然は頷いて言った。

「神子が白陽国にいるんじゃないかと突然聞かれた時は驚いた。憂炎に隠し事はできないからな。まぁ気づかれたのが憂炎でよかったと安堵すべきか」

憂炎は得意気に胸を張った。

「ふふふ、私に感謝するんだよ、浩然」

どうやらこのふたりは、同盟国の皇帝だという以前に、友人のようだ。

浩然と対等に話している人を見る機会がなかなかないので、少し和む。

憂炎は真剣な表情で言った。

「冗談はともかく、私にとっても神子は大切な存在だよ。神子は龍神の力を目覚めさせ、国を勝利に導くという伝説があるからね。私は国盗りには興味がないけど、劉帆に好き勝手させるわけにはいかない。もし劉帆が五国を統一し、彼の思うままに振る舞えば、破滅しか待っていないから」

肉親の命さえ簡単に奪える人間なら、他国の民の命など、どうとも思わないだろう。

どんな恐ろしい事態になるか、想像するのは容易《たやす》かった。

「だからお願いだ、神子。あなたの未来を読ませて」

私はその言葉に頷いた。

すると憂炎は、一度目蓋を閉じる。

それから彼の瞳が明るい金色に光った。

私はその輝きに魅入られていた。

じっと憂炎の瞳を見つめ続ける。

どのくらいの時間が経っただろう。

やがて憂炎の周囲が眩く光り、彼は再び目蓋を瞑った。

彼の白い顔には汗がじっとりと浮かんでいる。動悸も激しく、苦しそうだ。きっと能力を使うと、消耗してしまうのだろう。

私は憂炎が心配になって問いかけた。

「大丈夫？」

「うん」

憂炎は汗を拭い、それから厳《おごそ》かな声音で言った。

「やはり劉帆が、遠くない未来、神子の元を訪れるよ」

その言葉に、心臓がどくりと鳴る。

「そして、劉帆は神子を自分の物にしようとするだろう。暗い場所に閉じ込められている神子の姿が見えた」

鼓動がどんどん速くなっていく。

「その未来は、変えられないの？」

「いや、絶対に変わらないというわけではないよ。行動次第では、変化することもある。ただ、難しいかもしれない」

いつの間にか、手が震えていた。

そんな人間に捕まったら、私はどうなってしまうのだろう。

恐怖でいっぱいになっていた私の手を、隣から大きな手が包み込む。

私はハッとして、浩然の方を見つめた。

浩然は私を励ますように頷いた。

「案ずるな。俺がお前を守る」

「……うん」

さっきまで恐ろしさでいっぱいだった心が、浩然が近くにいることで少しずつ和らいでいくのを感じる。

憂炎は口元を手で覆い、俯いた。

「ごめん。もっと詳しく未来を読めたらよかったんだけど、これ以上のことは分からなかった」

浩然は彼に向かって言った。

「いや、充分だ。どちらにせよ、やることは変わらない。俺は澪を守るだけだ」

その言葉を聞いた憂炎は意外そうに金色の睫毛を瞬かせ、それから口元を緩める。

「これは驚いたな。今まで朴念仁《ぼくねんじん》で、後宮のどんな美しい妃嬪にも興味を示さないと専らの評判だった浩然が、神子のことを守ると言うなんて！　そうか、あの浩然が！　宴を開かないと！」

その言葉に、私は真っ赤になってしまう。

浩然も気まずそうに口を歪めている。

「おい、あまり茶化すな」

「いいじゃない、めでたいことだから。婚礼の儀を行うなら、私も絶対に参加するからね。ちゃんと呼んでおくれよ、浩然」

私はどう答えればいいのか分からず、下を向くことしかできなかった。

その日は憂炎のすすめで黄黎国に宿泊していくことになった。

私は案内された部屋に入る。

寝室もやはりこの国らしく金色の煌びやかな部屋だったが、大きな天蓋《てんがい》つきの寝台には、なぜか浩然が座っていた。

「えっ、あの……」

私を案内してくれた女官は、礼をしてそのまま立ち去ってしまう。

よりによって、どうして同じ部屋なの！

憂炎が昼間に婚礼がどうのこうのと話していたせいもあって、浩然のことを意識してしまう。

私は寝台の隅に座り、不自然にならないように浩然に話しかける。

「龍神にも、色々な人がいるんだね」

「あぁ。憂炎は皇帝らしくなくて驚いただろう」

その言葉に、小さく笑みが漏れる。

「うん、いい意味で。憂炎は、優しそうな人だね。私たちを心から心配してくれるのが伝わってきた」

「あいつとは、昔からの腐れ縁でな。互いに子供の時から知っているから、気が楽だ」

浩然と対等に話せる友人がいることが、私は少し嬉しかった。

「他の国の龍神たちとも、いつか会えるかな」

そう口にして、黒影国の皇帝のことを思い出し、気持ちが少し沈んだ。

黒劉帆が私を捕らえようとしているのは、本当だろうか。

この世界に五人——いや、黒影国の龍神はふたりだから、六人か。でも六人しかいない龍神なら、みんな仲良くできたらいいのに。なかなかそうはいかないらしい。

私は暗い空気にならないように浩然に言った。

「そういえば、龍神はみんな何かの力を持っているということは、浩然も何か力があるんだよね。どんな力なの？」

浩然はにやりと笑みを浮かべて言った。

「それは秘密だ」

「ええっ！　隠されると気になるんだけど！」

「あまり普段は使うことのない能力だ。もし必要になったら、教えてやろう」

私はちょっと残念だと思いながら口を尖らせる。

寝台に横になると、天蓋に星のように金色の刺繍が施してあるのが見えた。

「こうやって浩然と一緒に眠るのも、何だか久しぶりだね」

「最近、ここに来る準備や他の仕事が忙しかったのもあって、城にいないことも多かったからな。そういえば俺は出られなかったが、観桃の宴で派手に喧嘩したらしいな」

私はぱっと身体を起こして言った。

「知ってるの！」

「麗孝から聞いた。何か、妙な点心を作ったらしいな」

「妙ではないけれど。まぁ、珍しいかもしれない」

「てっきり、澪は料理などしないと思っていた」

「それ、蓮華にも言われたけど、意外と料理は得意なんだよ。前の家では、料理はずっと私の担当だったから。作ったお菓子自体は、他のお姫様にも評判だったし」

浩然が興味深そうにこちらを見つめる。

「俺も食べてみたい。今度持って来てくれ」

「でも浩然は、いつも毒味をした後の食事しか食べられないでしょう」

毒を入れられると困るからという理由で、浩然の食事はいつも何人かの部下が毒味をした後だ。

だからいつも料理が冷めていると知った時は、皇帝も大変だなと思ったものだ。

「澪の作った料理くらいは毒味なしで食べたとしても、麗孝も怒らないだろう」

「そう。じゃあ、今度何か甘い物を作ってみる」

浩然は微笑みながら言葉を続ける。

「それで、何で貴妃と争いになったんだ」

やはり紅花と揉めたことが気になっていたらしい。

私は肩をすくめて言った。

「あなたのことを好きな妃嬪は、意外といるってこと」

「まぁ後宮には戦はつきものだ。とはいえ、それもあと少しで終わる」

そう呟いたのを聞いて、疑問に思う。どうしてもう少しで終わるのだろう。

質問しようとした時、ふと窓の外から、風がびゅうびゅうと激しく吹きすさぶ音が聞こえた。

私は窓際に立ち、外を見つめる。

「何だか、風が強いね。嵐でも来るのかな」

私は黒影国の話を思い出し、ぎゅっと拳を握りしめた。

この部屋の周囲は、憂炎が手配した屈強な兵士が守ってくれている。

普通の人間なら、簡単には侵入できないはずだ。

でも劉帆が人の心を操ることができるなら、どれだけ守りがいようと、ないに等しいものなのではないか。

そう考えて不安になっていると、後ろから浩然に抱き寄せられた。

「えっ？　浩然？」

彼の声が、耳元に降ってくる。

「俺が側にいる。安心して眠れ」

私は浩然のことを見上げ、小さく頷いた。

「……うん」

とくとくと鼓動が鳴っている。

赤い瞳にじっと見つめられると、心の中まで見透かされたようで気恥ずかしくなった。

最近、浩然の眼差しが以前までと少し違う気がする。

出会ったばかりの頃は異世界から現れた私を観察しているような、面白がっているような雰囲気だったけれど、最近は彼の表情が何だか少し優しいように感じる。

……ただの私の願望だろうか。

「そろそろ、眠ろうか。明日も忙しいでしょう?」

「ああ」

そう言って私たちは寝台に戻る。

寝台に横になると、やはり浩然に抱き締められた。

私は浩然が隣にいることに安心して目蓋を閉じる。

さっきまで不安に思っていた気持ちは、溶けてなくなってしまったように感じた。

叔父と叔母の家にいた頃は、ひとりきりの夜が怖くて仕方なかった。家族を失った日の夢を見て、誰にも気づかれないようにひっそりと泣いていた。

――いつからだろう。

浩然が隣にいてくれると、どんな場所よりも安心して眠れるようになったのは。

その日、私は夢を見た。
気がつくと、私は暗い城の中にいた。
白陽国でも、黄黎国でもない。
寂しく、もの悲しい雰囲気の城だった。
一度も来たことがないのに、何となく分かった。
ここはもしかしたら、黒影国ではないだろうか。
私は誰かに見つからないように、柱の陰でうずくまって息を潜めている。
何に見つかってはいけないのかは、私にも分からない。
ただ少しでも物音を立てれば、命を奪われるという確信があった。
そして、ここが皇帝の間だと気づく。
広い部屋に、誰も座っていない玉座がある。
やがてどこかから足音が響いてきた。
カツン、カツンという足音が、ゆっくりとこちらに近づいて来る。
そして暗闇の中から、十四、五の少年が現れた。
彼の服は黒を基調にしたもので、服装から高貴な人だと分かる。
肌は白く、整った顔立ちだが、彼の表情からは人間らしい感情を感じない。

それに、彼の心の色を見て思わず悲鳴をあげそうになった。

少年の心は、殺意と悪意で真っ黒に染め上げられていた。

あんなに黒い心、見たことがない。

恐怖で全身が震える。

心を黒く染め上げた少年が、正面にある玉座を見つめている。

すると先ほどまで誰もいなかったはずの玉座に、いつの間にか血まみれの男性が座っていた。

「……っ!」

男の胸には、深々と剣が突き刺さっている。胸から溢れた血が、玉座の周囲を汚していた。

玉座に座る皇帝は事切れ、気が付けば玉座の周囲にも、何人もの人間の死体が転がっている。

そのことに気が付いたのと同時に、むせ返るような血の匂いがして、私は口元を押さえた。

悲鳴をあげそうになって、唇を噛む。

何、何なのこれは。私はどうしてこんな所にいるの。

早くここから逃げ出したい。

「劉帆！　どうしてこんなことをしたの！」
そう叫びながら、少年が駆けてくる。
駆け寄って来た少年の服装は、冷たい目をした少年と瓜二つだ。
いや、服装だけでなく、体格も顔立ちもそっくりだった。
玉座に座っているのは黒影国の先帝、そして黒い心の少年はやはり劉帆か。
ならば、劉帆に泣いてすがりついているのが燗流だろう。
しばらく燗流は、劉帆のことを責めていた。
やがて泣き顔の燗流は、柱の陰に隠れていた私を見つけ、目を見開いた。
燗流は必死に訴えるように、口を動かす。
燗流が私に、何か伝えようとしている。
だが、私には何も聞こえない。
口の形が「逃げて」と動いたように見えた。
それと同時に、劉帆の黒い瞳が私を捉えた。
「――っ！」
まずい、気づかれた。
見つかったら、殺される。
この国の皇帝や、他の人々のように。

積み上がった死体を見て青ざめる。
咄嗟にその場から逃げようとするけれど、思うように身動きが取れない。
劉帆は暗い瞳をこちらに向け、口を動かした。
やはり声が聞こえない。
逃げたいけれど、足は恐怖のせいかもつれ、なかなか前に進まない。
他にできることがないので、私は必死に劉帆の口の動きを追う。
玉座を見ろ？
そう言ったような気がして、つい玉座に目をやった。
すると玉座にいたのは、先ほどまでいたはずの黒影国の皇帝ではなかった。
銀色の長い髪に、赤く美しい瞳。でもその瞳には、生気がない。
元々白い肌は、生気がなく。
彼の胸には、深々と剣が刺さっていた。胸からは、真っ赤な血がしたたり落ちている。
玉座で事切れているのは……。
その人物の顔を見て、私は目を見開いた。
「浩然っ！」

夢の中で絶叫した瞬間、私は跳ね起きた。

「っ！」

息を切らして周囲を見渡すと、黄黎国の寝室だった。

薄暗い寝室の中、隣では浩然が穏やかな表情で眠っている。

「夢……」

心臓が早鐘《はやがね》を打っている。

浩然の真っ白な死に顔を思い出し、指先が震えた。

私は不安になって、そっと浩然の胸に手を押し当てた。

彼の心臓の鼓動が確かに伝わってきて、泣きそうなくらいに安心した。

浩然は薄く目を開き、心配そうにたずねる。

「どうした、澪？　何かあったか？」

「ううん。怖い夢を見ただけ」

そう答えると、浩然は腕を伸ばし、私の頭を撫でてくれる。

「どんな夢だ？」

「……浩然がいなくなる夢」

そう答えると、彼はふっと微笑んで言った。

「安心しろ、俺はどこにも行かない」

「……うん」

浩然の声音が優しくて、涙が瞳に浮かんだ。

「泣いているのか？」

「ううん、平気。水を飲むから、浩然は眠っていて」

そう説得したけれど、浩然は上半身を起こし、心配そうにこちらを見守っている。

「本当に平気だから」

私は寝台から立ちあがり、机に置いてあった水差しを手に取って銀色の杯に注ぎ、水を飲んだ。

全身にじっとりと汗をかいていた。

ひどくリアルな夢だった。

切迫した空気も、むせ返るような血の匂いも。

燗流の泣き顔も、そしてぞっとするような劉帆の瞳の冷たさも。

思い出すだけで、身震いした。

あんなに黒く染まった心、初めて見た……。

底のない暗闇のように、真っ暗だった。

あれが、人を殺める人間の心なのだろうか。

浩然が死んでしまったことも、実際に見てきたように思い出せる。

昼間劉帆たちのことを話していて、怖いと考えながら眠ったから、あんな夢を見たのだろうか。

でも、夢だと笑い飛ばすにはあまりにも現実的だった。あれは本当にただの夢だろうか。

そうに違いない。だって私は実際の劉帆の顔も、燗流の顔も知らないのだから。

憂炎が言っていた、龍神と神子の絆という言葉を思い出す。

もし何らかの繋がりがあって、あれが本当に過去に起こったことだとしたら。

劉帆は一体どんな気持ちで、父親の命を奪ったのだろう。

寝台に戻ると、浩然が強く私を抱き締めた。

私は浩然を心配させないよう、笑って言った。

「浩然、どうしたの」

「不安そうな顔をしている」

「浩然がいてくれれば平気だよ」

夢のことを相談しようかとも思った。

だけど浩然が死んでしまうなんて、たとえ夢の話でも口にしたくない。

私はあの悪夢が現実にならないように、ただただ祈ることしかできなかった。

七章　小舟からの景色

翌朝は、嘘のようにいい天気だった。

空は晴れ渡り、どこまでも遠くの景色が見渡せるほどだ。

昨日は悪夢を見た後しばらく寝付けなかったけれど、これだけ天気がいいと、夢にうなされて怖がっているのさえバカバカしくなる。

些細《ささい》な悩みなら吹き飛んでしまうくらいの、快晴だった。


朝食を食べた後、城の外に出ると、来た時と同じように海馬の引く荷車が用意されていた。

「うう、もう帰ってしまうのかい？」

憂炎が名残惜しそうに私たちを見送ってくれる。

「もう少しゆっくりしていけばいいのに」

浩然は落ち着いた声で言った。

「そうしたいのも山々だが、俺もやるべきことがあるからな」

私は憂炎にお礼を言った。

「親切にしてくれてありがとう。黄黎国は、とても素敵な国だった。また、必ず憂炎に会いに来るね」

そう告げると、憂炎はキラキラした笑顔で言った。

「神子、私もあなたに会えて楽しかったよ。また絶対に、顔を見せておくれ」

そう言って、私を抱き締めようとする。

しかし今度はその手前で、浩然に阻止されていた。

「浩然は心が狭いなー。最後に神子と触れあったっていいじゃないか」

「だめだ。澪に触るな」

私は笑いながらふたりのやり取りを見守る。

憂炎の心は、喜びで金色に輝いている。

ほんの少しの間だったけれど、憂炎の優しさは心地良く、離れがたいと思う。

憂炎はそれはもうたくさん、運びきれないほどのお土産を私たちに持たせてくれた。

◇◇◇

私たちは無事白陽国に到着し、長旅で疲れていたこともあって、その日は休息をとった。

「ふたりで出かけないか」

翌日朝儀が終わった後、瑠璃宮へ戻ろうと廊下を歩いていると、浩然に引き止められ、そう告げられた。

浩然からの誘いは、いつも突然だ。

「どこに？」

「危険が迫る前に一度、街へ出かけないか」

私はその提案に瞳を輝かせた。

浩然は、おそらく私の気分が沈んでいることを気にかけてくれたのだろう。

一瞬、あの夢のことを思い出して迷った。でも浩然と一緒なら大丈夫だろう。

海に包まれた白陽国の後宮は確かに美しいけれど、もっと外の景色も見てみたい。

白陽国がどんな国なのか、私はまだきちんと知らない。

この国の人々がどんな風に暮らしているのか、とても興味があった。

「でも私は、後宮の外へは出られないんだよね？」

「あぁ、本来はな。だが、俺がいれば別だ」

「それは、ぜひ行ってみたいけれど」

「じゃあ、明日の昼過ぎに行こう」

私は胸を弾《はず》ませながら、その誘いに頷いた。

部屋に戻って浩然と出かけることを蓮華に教えると、自分のことのように喜んだ。

「澪様、陛下とおふたりで出かけるのですね！」

「そうみたい」

　これは、いわゆるデートの誘いだと思ってもいいのだろうか。

「素晴らしいです！　それでは蓮華は張り切って、澪様を後宮一美しくします！」

「あ、でも明日は、なるべく地味な衣で来てほしいと話してた」

「そうなんですか？」

　おそらく城の外では、皇帝だということを隠すためだろう。

　確かに町人に皇帝がお忍びで来ていると知られたら、大騒ぎになりそうだ。

　蓮華は残念がっていたけれど、翌日はきちんと頼んだ通りに服や髪型を調整してくれた。


　出かける用意がととのった私を迎えに来た浩然は、皇帝とは思えない落ち着いた、紺色の長袍《ちゃんぱお》姿だった。

　それに頭には黒い冠を被り、冠から垂れた布でちょうど顔が隠れるようになっている。この冠を被っていれば、覗き込まれない限り顔が見えないだろう。

「それは変装用？」

「ああ。少し鬱陶《うっとう》しいが、これで騒がれることはないだろう」

　浩然は城のすぐ側に、小舟を準備していた。

小舟はふたり座れば他の人間を乗せる余裕はなく、麗孝すら連れて行くつもりはないようだ。

「本当に、ふたりなんだ。護衛や監視はいないの？」

「そうだ。今日は特別だからな。麗孝にも言わずに出てきた。しばらくは気づかないだろう」

「それは、いいのかな……」

麗孝、浩然がいないことに気が付いたら、きっとものすごく心配すると思うけど。

「構わん。あいつがいると、何かとうるさいからな」

いつも主君のことを考え身を粉にして働いているのに、気の毒なものだ。

「さて、気づかれないうちに出るぞ」

浩然は自らの手で櫂《かい》を持ち、緩やかに漕《こ》ぎ出した。

小舟は水面の上を滑るように進む。

こうやって周囲にお目付役もなく、純粋にふたりだけで出かけられる機会なんて、めったにない。

もしかしたら、最初で最後かもしれない。

そう考えると、わくわくしてきた。

城の門を抜け、私は白陽国の外の世界を目にした。

後宮の周囲は、巨大な水の膜で覆われている。

浩然が近づくと、その膜は自然に開き、通り道を作った。

改めて空中に浮いている城を眺める。

「いつ見ても綺麗なお城だね」

「そうだろう。この国の美しい景色は、俺の誇りだ」

そう言って、浩然が得意そうに笑う。彼の表情につられて、私も笑顔になった。

やがて城下町が見えてきて、私は小舟から身を乗り出した。

「すごい！　人がたくさんいる！」

町の中央に水路が通っている。その両端に黒い瓦の家や木造の建物が立ち並ぶ、風《ふ》情《ぜい》ある町並みだ。水路には遊覧船《ゆうらんせん》もいくつか浮かんでいる。水路を渡す橋の上を、人々が楽しそうに歩いていた。

「活気があって賑やかだね。浩然、町の人に気づかれないかな？」

「この格好なら誰かに見られても、ただの町人だと思われるだろう」

「そうかな。溢れ出る高貴さが隠しきれてないんじゃない？」

私がそう話すと、浩然はおかしそうに微笑む。それは半分冗談で、半分は本音だった。

浩然はどんなに落ち着いた格好をしていても、龍族ならではの特別なオーラのようなものが滲《にじ》み出ている気がする。浩然が着れば、普通の格好でも高級な服に見えてくる。

「冗談はともかく、俺の顔をしっかりと見たことがある者は少ないんだ。騒動を起こさなければ、平気だろう。とにかく町を歩いてみるか」

「え、いいの？」

「もちろんだ。そのために来たんだしな。ただし、俺の側を離れるなよ」

「うん！」

浩然は冠を目深《まぶか》に被った。

私たちは船着き場に小舟を停留し、歩いて店を回ることにした。

歩き出したと同時に、露店を開いているおじさんに声をかけられる。

「そこのかわいいお嬢さん、包子《ぱおず》ができたてだよ！」

私と浩然は顔を見合わせた。

「それでは、二つもらおうか」

「まいどあり！」

浩然が包子を購入した。

私たちは近くの椅子に座り、包子を食べることにする。

白い皮の中に、肉が包まれている。半分に割ると、ほわほわと湯気が立ち上った。

後宮でもよく食べるけれど、材料に違いがあるからか、違った風味に感じられた。

浩然は感心したように呟く。

「安いわりに、悪くないな」

「うん、おいしいね」

包子を食べ終わると、私は浩然の腕を引いて立ち上がった。

「ねぇ浩然、あれを見て！」

浩然は焦ったように私の口元に指を当てる。

「おい、名前はあまり呼ぶな」

「そっか。周囲の人に気づかれちゃうもんね」

名前を呼ばないように気を付けないと。

それから気を取り直し、改めて浩然に言った。

「あっちに古書が売っている店があるの！　覗いてもいい？」

「また書物か。本当に好きだな。満足するまで見ろ。今日は一日澪に付き合うつもりだからな」

私は古書が並んでいる店を覗き、歓喜の声をあげた。

「書庫にはない、続きの巻がある！　これ、読んでみたかったの！　それにこっちの本も、好きな作家のまだ読んだことのない本だ！　これとこれも読みたい！」

私がどんどん本を積み上げようとするのを浩然が止めた。

「分かった分かった、後で買ってもいいが、今買うと大荷物でどこにも行けなくなるぞ」

「それもそうだね。とりあえず目星はつけたから、別の所に行ってみましょうか」

私は弾んだ足取りで露店を見て回った。

活気のある町並みは、ただ眺めているだけでも楽しい。

「みんな生き生きしてる」

「ああ、そうだな」

これが浩然の治めている国なのだと思うと、自然と顔がほころぶ。

それに浩然とこんな風にふたりで出かけるのは初めてだ。城の中にいる時とは、全然違う。

装飾品を売っている店で、浩然は白い花が模された簪を見て言った。

「この花の簪は、澪に似合いそうだ」

蓮《はす》に似た白い花の簪は、繊細な装飾で確かに美しい。

「でも、簪はもうたくさんもらってるよ」

後宮に部屋を与えられた時、簪も宝石も山のように与えられた。

「ふたりで出かけた記念は、また別だろう」

そう言って、浩然は簪を購入する。

「ほら、つけてみたらどうだ」

私は照れくさく思いながらも、受け取ったそれをすぐに髪の毛に挿す。

「ありがとう」

その姿を見た浩然は、嬉しそうに微笑んだ。

「やはりよく似合うな」

「考えてみれば、皇帝としてでない浩然からの贈り物はこれが初めてかもしれないね」

そう話すと、浩然は少し驚いたように瞬きをした。

そしてさらに目を細める。

町に並ぶ店は、どこもかしこも新鮮だった。つい色々目移りしてしまう。

ふらふらしている私に向かって、浩然は真剣な声で言った。

「澪、話があるんだ」

「話って？」

「今日は、澪に会わせたい人間がいる。澪をここに連れてきた理由のひとつは、その人物に会うためでもある」

「会わせたい人って？」

浩然は少し迷うように眉を寄せてから言った。

「澪は、元々いた世界に戻りたいか？」

「えっ？」

その言葉に、心臓がドキリとする。

「それは……」

私は返答に困った。

私が生まれ育った世界。家族との大切な思い出もある。

でも、私にはもう家族はいないし、会いたい人もいない。まったく未練がないと言えば嘘になる。

「言っただろう。この世界に澪が来た時、異世界に戻れる方法を探しておくと」

そう言えば、確かにそんなことを言っていた。

でもそこまで本気にしていなかった。浩然はずっと、私のために探してくれていたのだろうか。

「この町に、異世界とこの世界を繋げることができる術師がいるらしい」

「……ああ、だから今日誘ってくれたの」

憂炎が『黒影国の者に私が命を狙われる』という未来を教えてくれたのに、その直後にふたりで出かけようなんて、少し不自然だと思ったけれど。私を元の世界に戻す方法が見つかったからだったのか。

そう考え、ずきりと胸が痛んだ。

そうか、デートに誘ってくれて嬉しかったけど、そっちの方が本来の目的だったんだ。舞い上がってしまって、恥ずかしい。

浩然は、私が元の世界に帰ってもいいんだろうか。もう会えなくなっても、平気だと思っている？

私が黙り込んでいるからか、浩然は心配そうな表情でこちらを覗き込む。

「どうした？　不安なら、今日でなくても構わないが」

私は無理矢理笑顔を作って言った。

「ううん、行ってみよう。せっかく浩然が、元の世界に繋がる方法を見つけてくれたんでしょう？　だったら、行くよ」

私は不安を押し殺しながらそう告げる。

「分かった、ついてきてくれ」

浩然は、町の狭い路地へと歩き出す。

やがて、一軒の小さな寂れた店に到着した。

「ここだ」

そう言って浩然が扉を開けると、暗い店内にひとりの老人が座っていた。頭巾《ずきん》のような布を纏っているので、顔はあまり見えない。彼が術師だろうか。

老人は前歯が欠けた口元を見せ、にやりと笑った。

「これはこれは、皇帝陛下。本当に来たんだね」

「ああ、お前は異世界とこの世界を繋げる術が使えるんだろう？」

老人の感情の色を読もうとしたけれど、起伏がないらしく曖昧《あいまい》でよく分からない色をしている。悪意はないようだけど……。

「そうだよ。特別な術でね。わたしもこの術を使うのは初めてだ」

老人は店の奥から大きな鏡を持って来て、私たちの目の前に置く。私の上半身がすっかり映るくらいの大きさだ。

「それ、触ってごらん」

私は鏡に映った自分の顔を見る。そして、おそるおそる鏡の表面に手を当てた。

すると鏡が水のようにぐにゃりと波打って、腕が中に吸い込まれる。

「きゃっ」

「澪！」

吸い込まれた私の手を、浩然が握った。

戸惑っているうちにそのままふたりとも、鏡の中に引き込まれてしまった。

どすんと衝撃があり、私たちはどこかに落下した。

「痛た……。一体何が起きたの……？」

「澪、大丈夫か？」

「うん、怪我とかはしてないけど」

「それならよかった」

浩然は周囲を見回し、顔を顰めた。

「半信半疑だったが、どうやら本当に異世界に着いたようだな。こんな建物、白陽国にはない」

そう言われて顔を上げて、愕然《がくぜん》とする。

自分の目を疑ってしまう。

「嘘……」

私が座っていたのは元々いた世界、叔父の家にあった、自分の部屋だった。

「ここがどこか分かるか？」

「ここ、私の部屋だよ！　私が元々住んでいた場所！」

浩然は意外そうに目を瞬く。

「引き取られていたと言っていた、叔父と叔母の家ということか」

「そう！　信じられない。本当に元の世界に戻って来たの？」

私が困惑していると、こちらに近づいて来る物音が聞こえ、ドキリとする。

叔父と叔母がいるのだろうか。

私はきゅっと拳を握りしめる。

「澪、どうしたんだ？」

「浩然……」

押し殺していた不安が、一気に湧き上がってきた。

浩然は私をここに置いていくのだろうか。

離れたくない。だけど、浩然の気持ちはどうなんだろう。

それに叔父と叔母は私がいなくなって、どう思っているのか。

心配して、少しは私のことを探してくれたりしたのだろうか。ほんのわずかに期待する。

部屋の扉を開けたのは、想像通り叔父と叔母だった。

「澪！　お前、今までどこに行ってたんだい!?」

「大きな音がしたと思ったら……」

叔父はいぶかしむように顔を顰める。

「その男は誰だ？」

私が返事をする前に、叔母が矢継ぎ早に続ける。

「とにかくあんたがいなくなってから、こっちは困ってたんだよ！」

「……困ってた？」

「そうだよ。あんたが掃除しないから家は荒れ放題だし、食事も外食ばかりじゃ飽きるしね。そもそもあんたがいないと、色々金がもらえないんだよ。学校やら役所やらの人間が来て、何度もしつこくあんたに会わせろって言ってくるし。虐待じゃないかって、通報したやつがいたらしくてね。最近だと警察まで家の周囲を探ってるんだよ。本当に面倒くさい」

叔父は安堵したように言った。

「とにかくお前が戻ったのなら、また今までのように家のことをやってくれ」

――もしかしたら、ふたりは少しは私のことを心配してくれたのではないか。

ほんのわずかにあった期待が粉々に打ち砕かれ、深く失望する。

結局この人たちは、私がいなくなってもどうでもいいんだ。

心配の言葉ひとつなく、私を利用することしか考えていない。

やっぱり私は彼らに、これっぽっちも愛されていなかったんだ。

そう思うと、怒りがふつふつと湧いてきた。

「……私はもう、二度とあなたたちの言いなりにはならない」

私が反抗したのが珍しいからか、叔母は少し驚いていた。

だがすぐに怒った声で叫ぶ。

「ふざけるんじゃないよっ！　お前は死ぬまでずっと、私たちの言うことを聞いていればいいんだよっ！　育ててもらった恩を忘れたのかい！」

我慢しきれなくなったのか、浩然が厳しい声を出した。

「ふざけているのはお前たちの方だろう」

叔父と叔母は怪訝な表情で浩然を見る。

「何なんだい、あんたは？」

「澪は俺の妻だ」

「妻だって？　いなくなったと思ったら、男のところに転がり込んでたのか！」

浩然は溜め息をつきながら言った。

「もし澪が望むのなら、育ての親にもそれ相応の待遇を考えていたが。その必要はないようだな」

叔母は浩然から金の気配を感じたのか、猫撫で声で言った。

「誰だか知らないけど、ずいぶんいい男じゃない。あんた、本当に澪と結婚する気なのかい？」

続けて叔父が言う。

「澪を妻にだと？　結婚するつもりなら、結納金《ゆいのうきん》を払ってもらわないと」

「そうね、それに私たちの生活の面倒も見てもらわないと。今までこの子がやっていたことなんだから、当然だね」

彼らの浅ましさとずうずうしさに、怒りで全身が震えた。

「浩然、もういい、行こう。ここにいたくない」

そう言った私を、叔母が後ろに突き飛ばした。

「うるさいね、今はあんたと話してるんじゃないんだよっ！」

浩然は倒れそうになった私を支え、低い声で言った。

「……澪を傷つける者は許さない」

浩然の赤い瞳には、激しい怒りが宿《やど》っていた。

彼の纏っている空気があまりに怒りに満ちていたからか、叔父も叔母も二の句を継げずに震えあがっている。

そして浩然は叔父と叔母に手を向けた。その瞬間、ふたりは全身を水の泡に包まれた。

浩然が水を操る術を使ったようだ。ふたりは息ができずに水中で溺れている状態らしく、目を見開き、泡の中でのたうち回って暴れている。

私は最初何が起こっているのか分からずにしばらく立ち尽くしていたけれど、彼らの状態に気づいて浩然を止めた。

「浩然、やめてやめて！　この人たち死んじゃう！」

浩然はまだ怒っている顔で言った。

「こんなやつらなど、別に生きている価値がないだろう」

「こんな人たちのために、浩然が手を汚す価値なんてないよ！」

その言葉を聞いた浩然は、しぶしぶといった様子で術を解除する。

泡から解放された叔父と叔母は床の上に倒れて水を吐き、青い顔をしている。

私はふたりの姿が哀れになった。

この家に住んでいた時、叔父と叔母は絶対に逆らえない存在だと思っていた。

けれど叔父と叔母は自分より弱い者に対して威張り散らすことしかできない、気の毒な人間なのだ。

「もうこの場所に用はないな」

そう言って、浩然は私を両腕で抱きかかえた。

「きゃっ!?　は、浩然!?」

突然お姫様抱っこされ、私は彼の腕から降りようと暴れた。

しかしさらに強く抱きかかえられてしまう。

「暴れるな、落ちるぞ」

「ねぇ浩然、私歩けるってば！」

「ほら、そこから白陽国へ帰れるようだぞ」

浩然の言葉通り、気がつくと部屋の中にぽっかりと光の穴が開いていた。光はここに来た時の鏡とちょうど同じくらいの大きさで、そこから白い光が放たれている。

光に入る直前に、浩然は躊躇いがちに問いかけた。

「……澪はこの世界にいたいか？」

私は首を横に振った。

「ううん、いたくない。もうこの人たちと話すことはないし」

私はまだ床に転がっている叔父と叔母に向かって言った。

「さよなら。もう二度と会うことはないでしょうね」

浩然は私を抱きかかえたまま、光の中へと進む。

光を抜けると、私たちはさっきいた白陽国の通りへ戻っていた。

急に白陽国に戻ったので、頭がぼんやりする。

「戻って来たみたい……」

「そのようだな。だが、あの老人はもういないな」

浩然の言う通りだった。

あの怪しい老人の姿はなく、店があったはずの場所も最初から何もなかったかのように、すっかり全部消えていた。

私はずっと抱きかかえられているのを思い出し、浩然に抗議した。

「ねぇ浩然、降ろして！　重いでしょ？」

「なんだ、そんなことを気にしていたのか。俺を誰だと思っている。龍神だぞ。お前ひとり抱えるくらい、造作もない」

「それでも、恥ずかしいから！」

「俺に抱きかかえられて移動するのは嫌か」

「別に、そういうわけじゃないけど……」

必死に抵抗し続けたが、ちっとも浩然は聞き入れてくれなかった。

何だか浩然らしくない。

それに、彼はなぜか路地の奥に進み出した。

路地裏の突き当たりに当たる狭い場所で、浩然はようやく私を解放し、その場に立たせる。

浩然は形のいい眉を寄せ、赤い瞳でこちらを覗き込む。

「怪我はしていないか？　さっき突き飛ばされただろう」

「全然平気。浩然が支えてくれたし、どこも痛くない」

浩然は安堵した声で言う。

「よかった」

「あの、本当に、もう平気だから」

彼から逃れようとするけれど、壁際に追いつめられているので身動きが取れない。

浩然は私の手に、自分の手を重ねて包み込む。

「さっき、ありがとう。浩然がいてくれてよかった」

浩然は怒ったように呟く。

「……傷ついていないか？　もっと早く黙らせればよかったな」

「あの、浩然、ごめんね」

「なぜ謝る？」

「せっかく元の世界に戻る方法を探してくれたのに、結局白陽国に戻ってきちゃって」

浩然は不思議そうに瞬きをする。

「どういうことだ？　澪が白陽国へ戻るのは、当然だろう」

「だって浩然は、私に元の世界に戻ってほしかったんじゃないの？　だから、異世界と繋がる方法を探してくれたのかなって思ったんだけど……」

するとと浩然は少し怒ったような声で言う。

「澪、勘違いするな」

「え？」

「俺は元々、澪を手放す気などない」

「そ、そうなの？」

「当たり前だ。異世界と繋がる方法を探したのは、澪を返したいからではない。育ての親のことが、わだかまりになっていたのだろう？」

叔父と叔母のことを思い出し、苦い気持ちになる。

「それは、確かに」

「だから俺は、澪と元の世界を決別させる目的で、澪を元の世界に繋げたんだ」

その言葉に、心の底から安心した。

「そっか。そうだったんだ……。よかった。浩然は、私がいなくなってもいいんだと思っていた」

「そんなわけないだろう」

浩然は溜め息をついて言う。

「だが、あんな低俗な人間がいるとはな。やはり異世界になど、行かなければよかったか」

それを聞いて、ようやく笑うことができた。

「ううん、彼らと決別するきっかけを作ってくれて、感謝してる。私、ずっと叔父と叔母に虐げられていたけど、それでもずっと、心のどこかであの人たちに愛されたかったんだと思う。あの人たちに、というより、誰かに必要とされたかったんだろうね。だけどさっきの叔父と叔母を見て、彼らは哀れで情けない人たちで、あの人たちのせいで心を痛めるなんて、ばかばかしいって思ったんだ」

「無理をしていないか？」

「うん！　私には浩然や蓮華や、麗孝や瑠璃宮の侍女たちのように、私を大切に思ってくれる人たちがいる。だからもう、元の世界に未練はないや」

その言葉は本心だった。

今までずっと私を苦しめていた暗い気持ちは、叔父と叔母から解放されたせいかすべてさっぱりとなくなっていた。

そう答えると、浩然は私の身体を両腕で強く抱き締めた。

「は、浩然？」

「……俺は恐ろしくないか？」

「恐ろしい？　どうして？」

「さっき澪を傷つけられた時、怒りで我を忘れた。あんな風になるのは初めてだった。自分でも驚いたんだ」

「怖くなんてないよ。むしろ、浩然が側にいてくれると安心するかな」

そう答えると、彼は困ったように微笑んだ。

「安心されるのは嬉しいが、それだけだと少し悔しいな」

先ほどから速かった鼓動が、より速くなる。

「他に心配なことはないか？」

「えっと……心配っていうか」

「何でも言ってくれ」

「今日、浩然とデートできるの、嬉しかったんだけど。あっ、デートっていうのは、その、恋人がふたりで出かけるっていう意味で。だけど向こうの世界に行くのが本来の目的だったんだって思ったら、少し悲しかった……かな」

すると浩然は私の頬に、そっと手を当てる。

「いや、俺だって澪と『デート』できるのを楽しみにしていたが？」

その言葉だけで、今まで落ち込んでいた気持ちが嘘のように消えてしまう。

「本当？」

「もちろんだ。本当に決まっているだろう。俺はいつだって、澪の側にいたいと考えている」

視線が自然と重なった。

心臓が痛いほど鳴っている。

彼の顔が、ゆっくりと近づいて来る。

私はぎゅっと目蓋を閉じる。


その瞬間、通りの向こうで騒がしい若者の笑い声が聞こえ、私たちは硬直した。

「……邪魔が入ったな」

浩然は溜め息をついてそう言うと、私の手を引いた。

「行こう。名残惜しいが、そろそろ帰らないとな」

「あ、うん」

私は真っ赤になりながら、浩然の後を歩いた。

「浩然、冠を被らないと」

「ああ、そうだったな」

楽しい時間は、あっという間に過ぎ去ってしまう。

再び表通りに戻ると、すっかり夕暮れ時になっていた。

「さすがにそろそろ戻らないと、麗孝が城の者を連れて捜索に乗り出しそうだ」

「そうだね、城に戻ろう。あ、すぐにすませるから本を買ってもいい？」

浩然は優しく笑って頷いた。

私たちはまた小舟に乗り、ゆっくりと海を渡る。

暮れかけた空が、海を茜色に染めている。

水鏡のように、白い雲を海が映し出していた。

浩然は櫂を漕ぐ手を止めて言った。

「最後に少し、海の中に入ってみるか?」

「え……? でも私、水着は持ってないよ」

戸惑いながらそう答えると、浩然が自信ありげに微笑んだ。

「俺を誰だと思っている。龍神だ。俺と一緒にいれば、そんなものいらない」

浩然は私の手を取り、海の上に立つ。

まるでそこに床でもあるように、浩然はしっかりと水面に立っている。

「ほら、澪も来い」

最初は怖かったけれど、浩然に手を引かれ、おそるおそる海に飛び込んだ。

彼の言う通り、水の中に入っても、不思議なことに冷たくないし、服も濡れない。

それに呼吸をすることができるし、視界も明瞭《めいりょう》だ。

私たちの周囲を、大きな泡が包んでいる。

「こっちだ」

私は浩然と手を繋ぎ、海の深く深くへと進んで行く。

今浩然が私の手を離したら、溺れてしまうのだろうか。

そう考えると、少し怖い。

けれど眼前に広がる光景に、そんな恐れなど一瞬でなくなった。

色とりどりの珊瑚礁《さんごしょう》や海藻が、海中で揺れている。

私の側を、黄色や青色の鮮やかな魚たちが悠々と泳いでいく。

まるで自分も海の中で泳ぐ生き物になったようだった。

「……すごい」

私は人魚姫の話を思い出した。

きっと人魚の国が実在するなら、こんな風に美しい場所だろう。

浩然は私を抱きかかえるように支えてくれる。

「この国の海は、美しいだろう？」

私は胸がいっぱいになって、深く頷いた。

「うん。こんな素晴らしい景色、普通に泳いだだけでは絶対に見られなかった。私、この光景をきっと一生忘れない」

そう答えると、浩然は私の頬を優しく撫でた。

赤い瞳が、真っ直ぐにこちらを見つめていた。

「澪が喜んでいるならよかった。正直、自分でも無茶をしたと思っているんだ」

皇帝なのに、付き人も付けずに出かけたことだろう。

確かに浩然が龍神で、強い人だといっても危険極まりない行為だ。

「だが、澪の笑顔を見られてよかった」

本当に、それだけのために今日私を連れ出してくれたんだ。

「今日は楽しかったよ。ありがとう、浩然」

浩然は宝石のような赤い瞳を、優しく細めた。

引き寄せられるように、自然と唇が重なる。

その時、強く思った。


──私は、この人が好きだ。


「浩然……」

私は自分の気持ちを伝えようと、浩然を見つめる。

しかし浩然は私から顔を背け、戸惑うように呟いた。

「すまない」

「……え？」

彼の一言で、目の前が真っ白になる。

すまないって、どういう意味？

キスしたことを、後悔しているということ？

「そろそろ本当に戻らないといけないな」

「う、うん」

私たちは小舟に戻る。

そしてまた波の上を進んだ。

私は浩然の真意を聞けないまま、後宮へ戻ることになった。

その間、ほとんど会話はなかった。


「澪様、陛下との外出はどうでしたか？」

部屋に戻った後、蓮華が明るい表情で問いかけてきた。

蓮華は私たちがどんな風に出かけたか、気になっているようだ。

だが私は、とても楽しくお喋りができる心境ではなかった。

「それより、麗孝は大丈夫だった？」

「はい。途中麗孝様が探しにこられたんですが、おふたりは書庫で真剣に書物を読んでいらっしゃるといいわけして、何とか帰っていただきました！」

「そうだったんだ。迷惑をかけてしまってごめんね」

「そんな、迷惑なんてとんでもない！」

「……今日は疲れたから、早めに眠るね」

そう言って、無理矢理話を切り上げる。

「はい、分かりました。ゆっくり休んでくださいね、澪様」

「ありがとう」

蓮華は私に元気がないことに気が付いているのだろう。

蓮華の心が私を心配する色に染まっているのが、申し訳なかった。

蓮華が部屋を出てから、私は寝台に横になり、両手で顔を覆う。

『すまない』

そう言った声が蘇《よみがえ》って、大きな溜め息をつく。

浩然は、どうして謝ったんだろう。

今日は一日、ずっと楽しかった。

まさか元の世界に戻るなんて思っていなかったけれど、それでも浩然が私を守ってくれて嬉しかった。

海の中で、キスした時。

確かに気持ちが通じ合ったのだと思ったのに、浩然は後悔しているのだろうか。

──分からない。

相変わらず浩然の心は真っ白で、彼が何を考えているのか分からない。

今まで心の色が見えない人なんて存在しなかったけれど、それがこんなに恐ろしいと思ったことなんて、一度もなかった。

家族を失ってから、私は無意識に大切な人を作るのを避けていた。

また大切な人を失うのが恐いから。

他人に興味を持たないように生きてきた。

だけど彼を好きだと気づいてしまった今、浩然の気持ちが分からないのはとても怖い。

顔を伏せ、くぐもった声で呟く。

「……私は一体、どうすればいいの」

その日の夜、浩然からの声はかからなかった。

◇◇◇

澪が寝台で項垂れているその頃、浩然は自室で書机《しょづくえ》に向かって書き物をしていた。

仕事が一段落ついた浩然は、澪に対しある決断を下そうとしていた。

そのことを考え、浩然は自分が柄《がら》にもなく緊張しているのに気づく。

澪とふたりで出かけ、浩然はますます澪のことを考えるようになった。

今まで浩然は、自分の人生に何の期待も持っていなかった。

白陽国の皇帝になることも、国を治めることにも、そういう血筋として生まれたからで自ら望んだわけではなかった。

自身が白龍だということには、誇りを持っている。伝統ある白龍の血を絶やすわけにはいかない。

だが自分を恐れながら死んでいった母と、怨みながら死んでいった父のことを考えると、誰かと子を成すことなど、不可能だと思っていた。

そんな浩然が初めて興味を抱いたのが、澪だった。

他の妃嬪は誰を見ても代わり映えがなく、同じようにしか見えなかったが、まず異世界から現れた神子だということで、彼女が何者なのか知りたくなった。

皇帝である浩然に対して動じないところも、自らの意思を貫くところにも惹かれた。

澪はいつもどこか冷めているような、諦めているような感情が垣間見えた。最初はそんなところが自分に似ているようで、親近感を覚えた。

だが彼女は本を読む時は、楽しそうな笑顔になる。

他人に興味がなさそうなのに意外と世話を焼くのが好きな性格で、後宮の少女たちに文字を教えたりもしていた。

それに浩然の両親の話を聞いて、涙を流していた。

本当の澪は冷めているわけでも、諦めているわけでもない。きっとこれまで感情を抑圧せざるを得ない環境にいただけなのだろう。

澪のことを知れば知るほど、他にどんな表情をするのか知りたくなった。

気がつけば、浩然はいつも澪のことを考えるようになっていた。

澪を片時も離したくないし、美しい物を見れば、澪にも見せたくなる。

澪に笑ってほしいと思うけれど、その愛らしい笑顔は誰にも見せたくなくて、誰も手の触れられない場所へと閉じ込めておきたくもなる。

彼女を抱き締めて口づけた時、自分は深く彼女のことを愛しているのだと気づいた。

その時のことを思い出すと、愛しさが込み上げてくる。

自分の中にこんな感情が存在するなんて、知らなかった。

だが、誰も皇后にするつもりはないと言っていたのに、軽率《けいそつ》な行動をとったことを澪は戸惑っているだろう。

申し訳なさから、謝罪の言葉が出た。

早く、けじめをつけなければいけないと思う。

後宮にいる妃嬪は自分の物で、妃嬪であれば誰と子を成してもいいという決まりはある。だが、澪はそんな決まりを受け入れないだろう。

そんな澪だからこそ、彼女に惹かれたのだ。

「陛下」

麗孝に声をかけられ、澪のことを考えていた浩然は現実に引き戻される。

「何だ」

いつの間にか、完全に手が止まっていた。

麗孝に小言を言われるかと身構える。

今日城から抜け出していたことも、どうせとっくに気づかれているはずだ。

しかし、麗孝は穏やかに微笑んでいた。

「陛下は少し、変わりましたね」

「そうか？」

「ええ。表情がやわらかくなりました」

「……澪のことを考えると、自然と頬が緩む」

それから、浩然は言った。

「彼女を、正式に皇后にしようと考えている」

麗孝は瞳を輝かせた。

「そうですか！」

「ああ」

麗孝は問いかけた。

「……そのことは、神子様にはもう話したのですか？」

「いや。これから、きちんと話そうと思っている」

ずっと澪を愛しいと思う気持ちはあったけれど、彼女の嫌がることはしたくなかった。だから抑え込んでいた。

だが彼女に口づけた時、これ以上触れれば歯止めがきかなくなりそうで、謝ってしまった。

「澪は断るかもしれないな」

「もしそうなったら、どうするおつもりですか？」

「もちろん簡単に諦めるつもりはない。俺は澪以外の女を皇后にするつもりはないからな」

そう呟くと、麗孝はなぜか瞳に涙を浮かべる。

「おい、何を泣いている」

彼は涙を拭いながら言った。

「嬉しいんです。陛下がそんな風に大切に思える女性が現れるのを、私はずっと待っていたんですから」

その言葉に、浩然も薄く微笑んだ。

「あぁ、そうだな」

◇◇◇

私は瑠璃宮の自室で、何度目になるのか分からない溜め息をついた。

あれから、浩然と顔を合わせていない。

キスされて謝られた後から一度も会っていないから、すごく気まずい。

デートの日の夜も、浩然は寝室へ呼んでくれなかったし。

今日は呼んでくれるだろうか。

もしかして、私は何かとんでもない失敗をやらかしたのだろうか。

改めて町に出かけた日のことを思い出すと。

浩然と一緒だったのに、私は珍しい古書に夢中だったし、叔父と叔母に厳しい言葉を言ったり。

私は楽しかったけれど、初めてのデートとしては失敗なのかもしれない……。

浩然は怒っているのだろうか？

……もう、嫌われてしまった？

でもそれなら、どうしてキスしたの。

考えても考えても分からない。

蓮華が心配そうに私の顔を覗く。

「澪様、どうなさったんですか？　もしかして、具合が悪いのでは？　でしたらすぐに薬師を呼んできます！」

私は慌てて蓮華を止める。

「いや、大丈夫！　ただ、浩然に嫌われたのではないかと悩んでいただけだから」

それを聞いた蓮華はきょとんとした表情で言う。

「嫌われるなんて、ありえませんよ。むしろ陛下は、澪様を皇后にされるのだと専らの噂ですよ？」

「そんなの、ただの噂だよ。キスされた後、なぜか謝られたもの……」

ぽろりと漏らしてしまった言葉に、蓮華が真剣な様子で問いかける。

「キスとは何ですか？」

私は恥ずかしく思いながら答えた。

「えっと……口づけのことだけど……」

蓮華は歓喜の悲鳴をあげて、私の肩を揺さぶる。

「陛下と口づけをなさったのですね！」

「うん。でも、ただの気まぐれかも」

するとと蓮華が力説した。

「陛下は澪様を傷つけるようなことはしませんっ！　なんて、あたしは陛下のことはまったく分かりませんが。けれど、何度も陛下の心に触れた澪様なら、分かるでしょう？」

そう言って、蓮華は私の髪に白い花の簪をつけてくれた。

浩然に買ってもらった物だと話したことを覚えていて、励ましてくれたのだろう。

蓮華の言う通りだった。

人をからかうことはあるだろうが、浩然は好きでもない人間に気を持たせるような人物ではない。

ならば、私のことを好きだと思っていいのだろうか。

……分からない。

浩然の両親は、浩然が龍神であることで苦しみながら死んでいったと聞いた。

だから浩然は、誰も愛さないと言っていた。私はその気持ちが理解できる。

だからこそ、浩然が私をどう思っているのか、分からない。

蓮華が私に問いかける。

「澪様。もし陛下が澪様を皇后にするおつもりでしたら、どうするのですか？」

自分が皇后になることを想像し、眉を寄せる。

「私、何の力もない普通の人間だから。皇后となって、この城を、それどころかこの国を治めるなんて、想像もつかない」

——違う。

一番不安な理由は、そんなことじゃないくせに。

「あたしは心優しく、冷静に人を見極めることができる澪様なら、きっと素晴らしい国母《こくぼ》になれると思います」

蓮華は心配そうに続けた。

「では澪様、他の女性が皇后になってもよろしいのですか？」

そう言われ、私は言葉を失う。

「それは……」

「嫌なのでしょう？　それは澪様が、陛下を愛していらっしゃる証拠です！」

確かにその通りだと思った。

浩然に惹かれている事実は、否定しようがない。

私は両手で顔を覆って叫んだ。

「……私、怖いの。浩然が私を好きか、分からないから」

「陛下は澪様のことを愛していらっしゃいます！」

「違うの！」

大きな声を出した私に、蓮華が驚いて口を噤む。

「……私、ずっとずるをしてきたの」

「澪様？」

私は蓮華をすがるように見上げ、言葉を続ける。

「私、人の心が、その人の考えていることが、何となく分かるの」

「人の、心が……？」

「そう。他人の心に、色が付いて見えるの。私に好感を持っていれば、明るい色に。敵意を抱いていれば、暗い色に」

家族以外には誰にも言えなかったことを、言ってしまった。

気持ち悪がられるだろうか。軽蔑《けいべつ》されるだろうか。

恐ろしさで、唇が震える。

けれど蓮華は明るい声音で言った。

「それは、澪様が神子様として特別な力を持っているからですね！」

「違うっ！」

私は首を真横に振る。

「私には、本当に何の力もない！　龍神のことなんて、何も分からない！　何の役にも立てない。浩然の神力だって、私は強くすることができていない。心の色を見る力は、生まれつきあったの」

　蓮華が心配そうに私を見守る。

「心の色を見て、蓮華が私を慕ってくれていると分かるから、だから蓮華の側にいられたの。他の人が、言葉や態度で懸命に誰かと繋がろうとしているのに、私はずっとずるをしてきたの！」

　瞳から、涙がこぼれ落ちる。

　こんな臆病《おくびょう》な自分が、ずっと大嫌いだった。自分の襦袢をきつく握りしめる。

「だけど、浩然の心だけは見えないの。初めて会った時から、ずっと見えない。だから私は彼に嫌われてしまうのが、怖いの。浩然が何を考えているのか分からなくて、怖いの！」

　私は知らなかった。

　家族を失ってから、ずっと大切な人なんていなかった。

　永遠にこのまま、ひとりきりで生きていくのだと思っていた。

　いつ死んでもかまわないと思いながら生きてきた。

　だから好きな人にどう思われているのか分からないことが、こんなに恐ろしいことだなんて知らなかった。

蓮華は穏やかな声で告げる。

「澪様。それなら、あたしが今どう考えているかも、澪様には分かるのですね」

私はおそるおそる視線を上げる。

蓮華はこちらを見つめ、優しく微笑んでいる。

――今だってまた、私は蓮華の心を見て、安心している。

そんな自分が、卑怯で嫌いだ。

私は途切れ途切れの声を紡いだ。

「……うん。分かる。蓮華が私を労《ねぎら》ってくれているのが、大切に思ってくれているのが、分かるの」

蓮華は私の手を取って言った。

「あたしは、澪様が好きです。澪様にどんな特別な力があっても、なくても。澪様が私を助けて、側に置いてくださったことには何ら変わりありません」

その言葉に、私は深く頷く。

「だから澪様。本当に大切な相手なら、勇気を出して向き合わなければなりません」

私は蓮華の言葉に深く頷いた。

「うん、そうだね。私、自分の気持ちを浩然に伝えるよ」

蓮華が目を細める。

「はい。たとえあたしは澪様がどんな決断をされても、どこにいらっしゃっても、ずっと澪様の幸せを願っています。澪様がこの国の皇后になられても。……そうなら ず、元の世界に帰ってしまうとしても、ずっとです」

蓮華の言葉に胸が暖かくなる。

「ありがとう、蓮華。これからどうなるか、私も分からないけど。蓮華、あなたのことを、家族のように大切に思っている。だから私もあなたに、誰よりも幸せになってほしい」

それを聞いた途端、蓮華の瞳から、わっと涙が流れ落ちる。

そして小さな身体で、ひしっとこちらに抱きついた。

「えーん、澪様、大好きです！」

私たちはしばらく、互いのことをぎゅっと抱き締め合っていた。

やがてふたりとも泣き止んだ後、私は気持ちを整理するため、散歩することにした。

「少し、城の中を歩いてくるね」

「おひとりで平気ですか？」

「すぐ戻ってくるから平気だよ」

「分かりました。澪様が戻ってくるまで、待っていますね」

「いいよ、もう遅いし。先に眠っていて」

蓮華は迷った顔をしてから、頷いた。

「分かりました。それではあたしは部屋に戻りますが、何かあったらいつでも呼んでくださいね」

「うん」


私は瑠璃宮を出て、青い海を見上げながら廊下を歩く。日が沈み、辺りはすっかり夜の色に染まっている。

廊下を歩いても、妃嬪たちの姿は見えなかった。

私は城の上に浮かぶ真ん丸な月を見上げて、溜め息をつく。

私はまだほとんど浩然のことを知らない。

けれど、あの人に惹かれている気持ちは確かだ。

彼に別の寵妃ができたら、きっと私は平気ではいられない。

それならせめて、浩然に気持ちを伝えないと。

私はいつも人の気持ちの色を見ることで、誰かと衝突したり争ったりすることを避けてきた。

その力のせいで悲しんだこともたくさんあった。

だけど心の色が見えない浩然相手だと、何を考えているか分からなくて怖い。

結局私は、浩然のことを信じきれていないのかもしれない。

この力のことも、浩然に打ち明けた方がいいだろう。

もしすべてを打ち明けて。

それでも浩然が、私を愛してくれるのなら……。

「よし。とにかく、浩然とふたりで話したいと言ってみよう」

覚悟を決め、瑠璃宮へ引き返そうとした。

そしてふと、周囲の音が何も聞こえないのに気づいた。

夜の後宮は元々静かだとはいえ、耳が痛くなるほどの静寂《せいじゃく》だ。

胸騒ぎがする。

瑠璃宮へと急ぎながら、何かがおかしいと考える。

――それに、何だろうこの気配は。

瑠璃宮は私に与えられた場所で、後宮の中では安心できる場所のはずなのに、戻るのが無性《むしょう》に恐ろしかった。

まるで、これから化け物の待つ場所へでも挑むように。

気が付けば、私は無意識のうちに足音を立てないよう、気配を殺しているのに気づいた。

どうしてそんなことをしているのか、自分でも分からない。

心がざわざわする。

私は怯《おび》えながら、自分の部屋の扉に手をかけた。

中で、ことりと物音がする。

「蓮華……？」

蓮華は私が散歩に出る時に自分の部屋へ戻ると言っていたけれど、まだ中にいるのだろうか。

心臓が、痛いくらいに鳴っている。

扉を開けてはいけない気がするけれど、同じくらい早く、扉を開けなくてはいけないと思う。

私は扉を開け放った。

蓮華は、やはり私の部屋にいた。

部屋の壁際に、真っ青な顔で立っている。

しかし、部屋にいたのは蓮華だけじゃなかった。

暗い部屋の中、私はその男を見つけた。

透き通るような白い肌。
作り物のように整った顔立ち。怜悧な気配を纏った男が、私の部屋に立っていた。
上質な黒い衣には、金色の刺繍で龍が描かれている。
彼の心は夢で見たのと同じように、やはり黒く染まっていた。
夢で見た時の彼は少年だったが、今は二十代前半に見えた。
こんなに深い色の悪意と敵意を抱いた人を、他に見たことはない。
「黒劉帆……」
私の知っている龍神は、皆人の心を惹きつける容姿をしている。
浩然は眩しく、神々しい。
憂炎は穏やかでやわらかく、日だまりのように優しい。
そして劉帆は、冷たく冴え渡る月のように、恐ろしいけれど目が離せない。
劉帆は何も言わず、薄く微笑んだ。
そして、彼が指を鳴らす。
すると、硬直していた蓮華が彼の元へ歩き出す。

「蓮華……？」

劉帆は近づいてきた蓮華を捕らえ、彼女の首元に短刀を突きつけた。

「蓮華っ！」

「澪様……」

劉帆に捕らえられた蓮華は、真っ青な顔で震えた声を漏らす。

劉帆は背筋が凍るような冷たい声音で言う。

「動くな。軽率に行動すれば、この娘を殺す」

脅しなんかじゃない。

劉帆は本気だ。

彼が手を引けば、蓮華の首は簡単に転がり落ちてしまうだろう。

「その子を離して！」

劉帆はじっと私を観察している。

「蓮華を解放してくれれば、あなたの指示に従う。その子は無関係よ。あなたが蓮華を傷つけるつもりなら、私はあなたの言うことを聞かない」

そう告げると、劉帆は満足そうに微笑んで呟いた。

「いいだろう」

蓮華を突き飛ばし、変わりに私の腕を自分の元へ引き寄せる。

今度は私の首元に、短刀を当てる。

「痛っ……」

「物わかりがいいな、神子」

私はぎゅっと歯を食いしばった。

劉帆は残忍で、数多くの民の命を奪ってきたという。

それだけでなく、自分の父親である皇帝の命までも。

目的のためなら手段を選ばない、血も涙もない人物なのだ。そう考えると、恐怖で身がすくみそうになる。

「澪様、すぐに助けを呼んできますっ！」

そう叫んで飛びだそうとした蓮華に、劉帆は鋭い声で命令する。

「待て」

命令された蓮華は、ピタリと足を止める。

そして、劉帆の瞳を見つめた。

劉帆は蓮華を真っ直ぐに見て、言い聞かせるように呟く。

「お前はどこにも行くな。ここにいろ」

すると、蓮華の瞳から輝きが失せる。

蓮華の周囲に、黒い靄が漂う。

蓮華はその場に膝を折り、生気のない声で呟いた。

「……はい、劉帆様」

蓮華はそのまま動かなくなってしまった。

「あなた、蓮華に何をしたの!?」

「ただ、心を操る力を使っただけだ。心配するな、そのうち術は解ける」

私はぎゅっと唇をかみ締めた。

本当に、相手に命令するだけで操ることができる能力を持っているなんて。

大勢の人間の気配がし、ハッとして振り返る。

いつの間にか、黒い鎧を纏った兵士たちが何人も並んでいた。きっと、黒影国の兵士たちだ。

「どうして……」

劉帆は笑いながら言った。

「白陽国の人間を操り、俺の駒が入りこみやすいようにしていた。だが、大人数の心を操るのは難しい。あまり手間取らせるな」

そして気づいた。

白陽国に来たばかりの時、私を生け贄としてさらった兵士たち。塀から飛び降りて死んだ、孫充儀の三人の侍女たち。

「あの人たちも、あなたが操っていたの……？」

劉帆は薄く微笑んだ。

「ああ。お前を手に入れるために、探りを入れていた」

私は犠牲になった人たちのことを考え、怒りで震えた。

「そんなことのために、人の命を奪ったの？」

「神子を手に入れるためなら、ひとりやふたりの人間の命など、対価にもならない」

劉帆はたやすく人間の命を奪うことができる。そのことに、何の罪悪感も持っていない。

「来い」

劉帆に引きずられ、廊下に出る。

蓮華が心配だけど、私にできることは何もない。

身体を掴まれた時に、髪の毛から簪が滑り落ちた。

あれは、浩然からもらった物だ。

ハッとして手を伸ばすけれど、届かずにそのまま床に落ちてしまう。

「何をしている。さっさと歩け」

「簪が……」

劉帆は簪をじっと見つめる。

「簪？　大切な物なのか？」

私はその言葉に頷いた。

すると劉帆は嘲笑《あざわら》うように口元を上げ、床に落ちた簪を踏みつける。

「やめて！　何をするのっ!?」

踏みつけられた簪は、粉々に砕けてしまう。

「何てことを……！」

怒りに身を任せて劉帆を突き飛ばそうとするが、彼は笑いながら私の腕を強く引いた。

「簪など、いくらでも買ってやる」

他の人にもらった物では、意味なんかないのに。あれは浩然がくれた、特別な簪なのに。

どうして素直に大切な物だと頷いてしまったのだろう。

あの日浩然と出かけた思い出まで踏みにじられてしまったようで、悔しくてたまらない。

そして私は、浩然の身に危険が迫っているのではないかと気づく。

「浩然に、何かするつもりなの!?」

劉帆は笑いながら言った。

「今頃、俺の手の者たちに足止めされているはずだ。あいつも龍神だ、簡単にはいかないだろうが。お前を俺の城に連れて来る時間くらいはもつだろう」

私はきつく劉帆を睨みつけた。

「卑怯者！　あなたなんて大嫌い！」

そう叫ぶことが精一杯だった。

助けを呼びたかったけれど、後宮の中は闇に包まれ、殺伐《さつばつ》とした空気が漂っている。

城の周囲を守っているはずの兵士たちも、皆ぼんやりとした表情で立ちすくんでいた。彼らもきっと、劉帆に操られているのだろう。

それに私が抵抗すればするほど、蓮華や浩然が危険にさらされる。

劉帆は私を抱え、海の中を歩くように進んだ。

彼の進む道に沿って海が割れ、道を作る。

そして劉帆は城の近くにあった黒い馬車に私を押し込んだ。荷車を引いているのは、鯨《くじら》に似た黒い化け物だ。

どうにかして逃げないとと思うけれど、すぐ隣で劉帆が見張っているため、脱出するのは難しい。

私にできることは、ただ劉帆を睨みつけることだけだった。

やがて、私たちは黒い国に到着した。

「着いたぞ、俺の国だ」

私は黒影国を見下ろし、顔を顰めた。

海の中にあるのは白陽国や黄黎国と同じだ。けれど国全体を黒い靄が包んでいるようで、空気が重くどこか禍々《まがまが》しかった。

私たちの乗った馬車は、城の敷地を進んで行く。

馬車から出されると、再び劉帆に腕を掴まれ無理矢理歩かされる。

城の中を歩きながら、似ている、と思った。

夢の中で見た光景にそっくりだ。石の壁や柱の感じや、寂しくて寒々しい光景が、この間夢で見たのとほとんど同じなのだ。

劉帆の殿舎に到着する。

それを見つけた瞬間、ぞわりと鳥肌が立った。

夢で見たのと同じ形の玉座がある。

血まみれの浩然が座っていたのを思い出し、呻き声をあげそうになった。

それから私は殿舎にある檻の中に押し込まれた。

球形の檻に、格子が何本もはまっている。素材は貝か何かでできているのか、ザラザラしていた。

檻の中に突き飛ばされ、尻餅をつく。

「っ！」

乱暴な男だ。

私は格子を握り、劉帆に訴えた。

「私を閉じ込めてどうするつもり!?」

「威勢がいいな、神子」

「私は神子じゃないっ！」

劉帆は私を値踏みするように見下ろしている。

「大人しくしろ」

劉帆の瞳が、暗く輝いた。

しかし私は彼を強く睨み返し、さっきより大きな声で叫んだ。

「あなたの言うことなんて、絶対に聞かない！」

すると劉帆は感心したように姿勢を低くし、こちらを覗き込んだ。

「ほぅ。やはり神子だからか、俺の力が通じないらしいな」

どうやら人を操る力で私に言うことを聞かせようとしたが、失敗したらしい。

「そんな力で人に言うことを聞かせても、虚しいだけじゃない！　あなたへの忠誠も、愛情も、全部偽物なんでしょう」

そう叫ぶと、劉帆はおかしそうに声を立てる。

「ああ、確かにすべて紛い物だ。だが人間の感情なんて、最初からすべて紛い物のような物だろう？」

劉帆の考えは、他人の感情をまるで無視している。私の簪を踏みつけた時もそうだ。人を傷つけることを楽しんでいるようだ。

彼の言葉を聞いていると、腹立たしさが込み上げてくる。

「そういう考え方は嫌い」

「俺の望みが叶うなら、何だっていいさ」

「あなたの望みって、何なの？」

劉帆は自信に満ちた顔つきでこちらを見下ろした。

「俺はな、平穏に暮らしたいんだ」

「あなたには似合わない望みね」

嫌味を込めて言うと、劉帆はカラカラと笑う。

「五国を統一し、俺が皇帝として君臨《くんりん》する。誰にも邪魔はさせない」

もしそれが現実になれば、浩然も憂炎も無事ではすまないだろう。絶対に阻止しなくてはならない。

「そのために、神子の力が必要だ。神子には、龍神の力を目覚めさせる力があるらしいな」

「そんなの、私は知らない！　ただの伝説でしょう。私には何の力もないもの！　だいたいどうして急に私をさらったの!?」

私はこの世界に来てからしばらくの間、白陽国で過ごしていた。

それまでだっていくらでも機会はあったはずなのに、どうして今になってさらわれたのかが気になった。

「燗流の力で神子が白陽国にいることが分かってから、白陽国に間者を送り込み、機が熟すのを待っていた」

「燗流の力……？」

「ああ。俺の双子の兄、燗流は他人の夢を操る能力を持っている」

「夢を操る？」

人の心を支配できる劉帆や、未来を見られる憂炎に比べると、使い辛そうな能力に思えた。

「夢とはいえ、他人に強制的に見たい映像を見せることができるんだ。毎日のように洗脳されれば、他人を内側から操ることができる」

確かに、相手がどんなに嫌がっても何度も同じ夢を見させるというのは恐ろしい。

私に浩然が死ぬ夢を見せたように、大切な人を失う夢を毎日見せられれば、相手の心を壊したり、劉帆のように自分の意のままに支配することもできるかもしれない。

だけど……。

燗流はあの夢で、私に「逃げて」と言った。

彼は弟に命令されながらも、私に危機が迫っていることをひそかに教えようとしてくれていたのではないか。

劉帆は嘲笑《ちょうしょう》しながら言った。

「燗流は甘いから、他人を操るような力の使い方はしないがな」

「夢の中で、あなたが黒影国の皇帝を殺しているところを見た」

劉帆は楽しげに笑った。

「父を殺したのは、実際に起こった出来事だ」

あのリアルな夢を思い出し、顔を顰める。

「自分の父親を殺してまで、皇帝の地位が欲しかったの？」

「いや。俺が父を殺したのは、父が燗流を殺そうとしたからだ」

驚いて、瞳を瞬いた。

「どうして？　自分の子供でしょう？」

「俺の国では、双子は不吉で災いをもたらすと信じられている。本来なら、双子が生まれた時点で片方を殺すんだ」

　確かに、そういう国が存在するというのは耳にしたことがある。

「だが俺も燗流もふたりとも龍神の力を受け継いだことで、しばらくは俺たちをどちらもを生かしておくことにした。そして俺たちが成長し、皇帝を俺にすることを決めた時、燗流が邪魔だと考えて、燗流を殺そうと臣下に命じた」

　劉帆は感情のない、凍り付くような瞳でこちらを見る。

「だから俺はあの男を殺した。父の臣下も、全員殺した」

　劉帆は嘲笑うように言った。

「父は他人を操れる力を持つ俺たちのことを、疎《うと》ましく思っていた。俺は父には従順な息子のふりをしていたから、まさか皇位を譲ろうとした俺に殺されるとは、夢にも思っていなかっただろうな」

　その表情に、寒気が走る。

　だけど劉帆の心にはほんの少しだけ、大切な人を思う色が混じっていた。

　彼が父親やその臣下たちを殺したのは、兄である燗流を守るためだったんだ。

　肉親への愛情もない、残忍で非道な人間だと思っていたけれど、そんな劉帆も兄のことは大切なのだろう。

「……私をどうするつもりなの？」

「そうだな。とりあえず俺の妻にする。そして、ゆっくりと龍神の力を目覚めさせる方法を探す」

私は檻の中で立ち上がり、叫んだ。

「ふざけないで！　あなたの妻になるなんて、絶対に嫌！」

劉帆が私の正面に立ち、檻に触れた。

すると、いとも簡単に扉が開く。

劉帆はゆっくりとこちらに歩いてくる。

「来ないで！　嫌だって言ってるでしょ！」

追いつめられ、私はジリジリと後ずさった。

劉帆は私の顎をつかみ、真っ直ぐにこちらを見つめて言った。

「俺の物になれ」

「あなたなんて大嫌い！」

そう叫ぶと、劉帆は小さく溜め息をついた。

「やはり力は通じないか」

劉帆に心を操られないことにほっとしたけれど、だからといって危機が去ったわけではない。

「私は浩然のところに帰る。あなたの言いなりになんてならない」

そう告げると、劉帆は冷たく笑って言った。

「それは無理だ。浩然は、すぐにお前を助けにここに来るだろう。だが、夢で見ただろう？　浩然がこの城で死ぬのも、正夢になる。お前に帰る場所などない」

「そんなこと、絶対にさせない！」

「お前に何ができる」

浩然が傷つけられるのを想像しただけで、じわりと涙が浮かぶ。

浩然はいつも、私を大切にしてくれた。

浩然の隣で眠る時、私は世界中のどの場所にいるよりも安心できた。温かくて、優しくて、彼の腕の中は心地良かった。

浩然が私の話を聞いてくれるのが嬉しかった。彼の他愛のない話を聞きながら眠るのが好きだった。

浩然は私の料理を食べたいと話していたこともあった。こんなことになるなら、もっと早く浩然の好物を作ってあげればよかった。

町に出かけた日のことも思い出す。浩然ともっと一緒に出かけたかった。

早く伝えておけばよかった。

私は、浩然のことが好きなのだと。

私が側にいたいと考えるのは、浩然だけだ。

龍神の子供が生まれたってかまわない。だって浩然の子だ。愛しいと思うに決まっている。

どうしてもっと、早く決断しなかったのだろう。

自分で思っている以上に、私は浩然のことを愛していたのに。

劉帆が私の腕を掴み、顔を寄せる。

「嫌、離して！　私に触らないでっ！」

劉帆は冷たい瞳で私を見下ろし、私を乱暴に壁へと押しつけた。

「うっ……」

「大人しくしろ」

まるで獣が獲物を襲うように、劉帆が私の首筋を舌で舐める。

「やめてっ！」

嫌悪感で背中が粟立《あわだ》つ。

「言うことを聞けば、お前も少しは楽しめる」

劉帆が乱暴に私の襦袢に手をかけた。

こんな男に何かされるくらいなら、舌を噛み切って死んだほうがましだ。

だけど今劉帆を止めないと、浩然の身が危ない。

そんなこと、絶対にさせてたまるものか。刺し違えてでも、劉帆を阻止しないと。

私がそう、覚悟を決めた時だった。

「澪っ！」

玉座の間の扉が開け放たれ、凛々《りり》しい声が響く。

思わず自分の耳を疑った。

信じられない。こんな場所にいるわけがない。

だけど私の名前を叫んだのは、確かに浩然の声だった。

「浩然！」

幻かもしれないと思いながら、それでも必死に愛しい人の名前を呼ぶ。

浩然は何人もの兵士を連れ、その先頭に立っていた。

助けに来てくれたんだ。

私は感動のあまり、浩然の元へと駆け寄ろうとした。

しかし、劉帆に強く腕を引かれて阻《はば》まれる。

「やはり来たか、浩然。久しぶりだな」

浩然は赤い瞳に激しい怒りをたたえて劉帆を睨みつける。

「澪は俺の大切な人だ。返してもらおう」

こんなに怒った浩然を見たのは、初めてだ。

「まさかお前がこんな所まで来るとはな。本当に、神子を大事にしているのか」

そう言って、劉帆は私の首筋に短刀を突きつけた。

「やめろ！」

「そう焦るな。俺に従わないのなら、この女を殺す」

劉帆がそう言ったのと同時に、浩然たちの背後から黒影国の兵士が現れた。

白陽国の兵士の周囲を、黒影国の兵士が囲む。

武器を持った男たちが牽制しあい、緊迫した空気が漂う。

黒影国の兵士たちの瞳には、生気がない。自らの意思も。劉帆の力で操られているのだろう。

浩然が玉座の間に響き渡る声で言った。

「神子は俺たち龍神全員にとって、大切な存在のはずだ。命を奪うことなどできないのは分かっているはずだ」

それを聞き、劉帆が酷薄《こくはく》な笑みを浮かべる。

「確かにそうだな。だが、命さえあればいいのだろう？　それなら龍神の力を目覚めさせるために、拷問でもしてみようか。そうすれば、隠している力を発揮せざるを得なくなるだろう」

「お前はどこまで残忍なんだ……！　澪にそれ以上触れてみろ。その手を切り落としてやる」

「面白い。お前のことは、以前から痛い目に遭わせてやりたいと思っていたんだ」

劉帆は私を後ろに突き飛ばし、兵士に渡された剣を構え、突然浩然に斬りかかる。

「浩然っ！」

浩然は咄嗟に剣を抜き、劉帆の剣を受け止める。

剣戟《けんげき》の音が玉座の間に響く。

それを合図にしたかのように、周囲の兵士たちも争いを始めた。

私はただその場に座り込み、彼らを見守ることしかできなかった。

「浩然、戦うなんてやめて。もし怪我をしたら……」

玉座で事切れていた浩然の夢が蘇り、私は頭を振った。

浩然が戦うところなんて今まで見たことはなかったけれど、浩然の身のこなしは想像以上に軽やかだった。

私は彼の剣技に思わず見惚れてしまう。

「すごい、浩然って強かったんだ」

それに浩然は剣で戦いながら器用に水を操る術を使い、周囲の兵士を蹴散らした。

浩然の周囲から、水の形をした龍が現れる。水の龍は波紋を描きながら激しい勢いで回転し、敵を次々となぎ倒していく。並みの兵士では、まったく歯が立たない様子だ。

黒影国の兵士が体勢を崩したところを、白陽国の兵士たちが次々と捕らえていく。

それに黒影国の兵士たちは操られていて自分の意思がないせいか、動きが鈍かった。

さっき劉帆が大勢の人間を操るのは難しいと言っていたが、やはり何か制約があるのだろう。何十人もの人間を長時間意のままに操ることは、きっと不可能なのだ。

戦いのことが分からない私から見ても、浩然の方が確実に優勢だった。

このままなら、きっと浩然が勝つ。

その考え通り、浩然はあっという間に劉帆を追いつめ、劉帆の首筋に剣を突きつける。

浩然は燃えるような赤い瞳に激しい怒りを滾《たぎ》らせて言った。

「もう一度言う。澪のことは諦めろ。大人しく引けば、命だけは助けてやる」

劉帆は、近くに立っていた兵士に命令する。

「神子を捕らえろ」

兵士はうずくまっていた私の腕を引き、立ち上がらせた。

「きゃっ」

兵士は私の胸に剣を突きつける。

「澪！」

劉帆は狡猾《こうかつ》な笑みで言った。

「最初からお前に勝ち目などなかったんだよ、浩然」

私は歯を食いしばる。

この男、どこまで卑怯なの……！

「剣を捨てろ、浩然」

浩然は燃えるような怒りを瞳に滲ませたまま、しばらく劉帆を睨んでいた。

「早くしろ！　神子がどうなってもいいのか？」

浩然は手に持っていた剣を足元に投げ捨てる。

それを見た劉帆は、勝ち誇った笑みを浮かべた。

「残念だったな、浩然」

劉帆は剣を握り直す。

「そのまま動くなよ？　お前にも、利用価値はある。しばらくは生かしておいてやろう」

その時だった。

浩然の背後から、黒影国の兵士が襲いかかる。

兵士の瞳はやはり虚ろで、まるで人形のようだった。心を操られているのだろう。

ただ盲目的に、「黒影国の邪魔をする者は排除する」と呟いている。

兵士が剣を浩然に差し向けた。

突然のことに、劉帆も浩然も動きを止めている。

瞬間的に、夢で見た光景が脳裏を過ぎった。

「やめてっ！　浩然を傷つけないで！」

私は兵士を振り払い、無我夢中で浩然の前に、両手を広げて立ち塞がった。

「澪っ！」

浩然の叫び声が響く。

兵士の持っていた剣が、深々と私の胸に突き刺さった。

劉帆が私を刺した兵士を殴り飛ばしたのが、視界の端に映る。

「何をやっている！　神子は殺すなと言っておいただろう！」

兵士はその場に倒れた後も、虚ろな声で同じ言葉を繰り返していた。

「くそっ、暗示が効き過ぎたか」

痛みで立っていられない。ぐらりと視界が揺らいで、自分が床に倒れたことに気づいた。

咄嗟にそれを浩然が抱き留める。

「澪っ、しっかりしろ！」

「あ……」

喋ろうとするのに、声が出ない。変わりに、口元から血が流れた。

ぼんやりとした視界で、自分の胸を見つめる。

剣が突き刺さり、そこから止めどなく血が溢れ出しているのが見えた。

刺された場所が熱い。血がどんどん流れ、床が私の血で赤く染まっていく。

意識が朦朧《もうろう》としてきて、そうか、私は死ぬのかと思った。

「澪！　どうして……！」

浩然の顔が悲しみに歪むのが見えて、そんな顔をさせたいわけじゃなかったのにと思う。

「あなたの足を引っ張るだけの存在でいるのは、嫌だったの……。浩然がいつも私を助けてくれるように、私も浩然を守りたかった」

私は床に倒れたまま、浩然の頬に手を当てた。

「澪……！」

浩然の掠れた声が耳に響く。

彼の涙が、ぱたぱたと私の顔に落ちる。

血が流れているせいか、それともここが海の中だからなのか、とても寒かった。

「好きよ……浩然……」
今になって、ずっと分からなかった人魚姫の気持ちが、ようやく分かった気がした。
自分の命よりも大切な人の存在を、初めて見つけた。
人魚姫は、きっと泡になって消えてしまっても、幸せだったのだろう。
私も幸せだ。
浩然を助けられたのだから、後悔はしていない。
言いたい言葉はたくさんあるのに、だんだん意識が遠のいていく。
瞳から、止めどなく涙が溢れる。
「あなたが、好き。……大好きよ、浩然」
浩然が、私を抱き締める。
もう、言葉を発するのも難しい。
浩然の頬に触れると、彼の白い肌が血で汚れてしまった。
せめて最後に伝えたい。
私があなたのことを、どんなに大切に思っていたのかを。
私は最後の力を振り絞り、彼の唇にキスをする。
その瞬間、今までずっと真っ白で見えなかった浩然の心の色が、初めて見えた。
深い愛情を表す色が、彼の全身を包んでいる。

――そして、周囲が眩い光に包まれた。

浩然の身体は、巨大な白い龍に変化した。

「あ……」

あの時の龍だ。

海の中で溺れていた私を助けてくれた、白い龍。

劉帆が目を見開き、怒声をあげる。

「まさか……力が目覚めたのか!?」

白い龍は、咆哮《ほうこう》する。

すると浩然から溢れた光が、私に降りそそいだ。浩然の力が、私に流れ込んでいるのが分かる。

さっきまで苦しかった呼吸が楽になり、痛みがなくなった。

そして私の負った傷も、なぜか塞がっているのに気づく。

「嘘……」

光を帯びた白い龍はもう一度咆哮をあげ、劉帆に食らいついた。

劉帆は悲鳴をあげ、その場に崩れた。

劉帆も兵士たちも、浩然に逆らうことができないようだ。身じろぎさえせず、まるで魅入られたかのように、じっと浩然を見つめている。

やがて白い龍は私の側に降り立ち、私に顔を寄せた。

「浩然。やっぱり海の中で私を助けてくれた龍は、あなただったんだ」

浩然の声が、頭の中に響く。

「澪のおかげで、龍に変化できる力が目覚めたんだ」

これが本来の龍神の力なのだろうか。

「……無事でよかった、浩然」

私は浩然のことをぎゅっと抱き締めた。

やがて浩然は、人間の姿に戻った。

浩然は私を抱き締め、優しく微笑む。

そして兵士たちの方へ向き直ると、凛々しい声で叫んだ。

「黒影国の者を捕らえよ！」

龍神に魅入られていた白陽国の兵士たちが、ハッとしたように立ち上がる。

黒影国の兵士たちは、劉帆が倒れたことで戦意を失ったのか、そもそも劉帆の力で操られていたのが解けたのか、統率力を失いバラバラになった。

白陽国の兵士は、劉帆の部下たちを次々と捕らえていく。

当然劉帆も兵士たちに捕らえられ、力を使えないように目隠しをされた。

どうやら、劉帆の目を見なければ力は通じないらしい。

私は呆然とその様を見守りながら、浩然が無事であったことにただただ安堵した。

「行こう、澪」

浩然は私を抱き寄せ、安全な場所に匿《かくま》おうとする。

私は最後に一度、劉帆に向かって振り返った。

「劉帆。私、あなたのしたことは許せない。……だけど、少しだけ気持ちが分かるよ」

私の声を聞いた劉帆は、唸るように言った。

「何のつもりだ、神子。同情か？」

彼の心は、ずっと深い黒に包まれていた。だけど家族である燗流を思う時だけは、やわらいでいた。

「ううん。同情なんてしない。だけど、あなたも大切な人を守るためだったんでしょう。私にも、大切な妹がいたから。その気持ちだけは、少しだけ分かるって思ったんだ」

それを聞いた劉帆は、私から顔を背けた。

劉帆は兵士たちに連れられ、歩いていく。

彼の姿が見えなくなってから、浩然は心配そうに言った。

「澪は誰にでも優しいな」

私は苦笑しながら答える。

「優しさじゃないよ。ただ、悲しいと思ったんだ。私も劉帆と同じような環境で育って、同じように力を持っていたら。家族を守るために、似た手段を取るかもしれないって。そう考えると、憎みきれないなって」

浩然は私を強く抱き締めて言った。

「澪には、澪を大切に思う者がたくさんいる。だから劉帆のようにはならない」

私はその言葉に頷いた。

「……うん。そうだね」

終章　それからのふたり

一連の後始末が終わり、私と浩然は無事白陽国に帰還した。

今は黒影国での出来事が嘘だったかのように、平穏に過ごしている。

浩然は何度も私の怪我を心配したが、まるで最初から刺されたところなどなかったように、綺麗に治っていた。

幸いこの白陽国の人々は大きな怪我もせず、人質にされて心を操られていた蓮華たちも無事だった。

私が戻ったことが分かると、蓮華はぼろぼろと涙を流して安心していた。

劉帆の悪事が暴かれ、劉帆本人はもちろん、彼の息がかかっている臣下たちは幽閉されることになった。

劉帆は人を操る力を使えないよう、誰も訪れない深海の檻に閉じ込められているらしい。

最初は「彼らを処刑すべきだ」という声が白陽国と黒影国の民からあがっていたようだ。

特に黒影国の民は劉帆の暴政に苦しんでいたのだから、無理はない。

けれど浩然はどんな人間だとしても、命を奪うことをよしとはしなかった。

周囲の国の龍神たちとも話し合い、劉帆を幽閉することに決まったらしい。

甘いという意見もあったようだが、私は浩然らしいと思ったし、その結末にほっとしている。

劉帆は確かに恐ろしい人間だし、許すことはできない。

けれど、だからといって命を奪ってほしいわけじゃない。

生きて、自分の罪を償ってほしいと思う。

劉帆は燗流のことを守ろうとして、父を殺したと話していた。

冷酷で心がないように思えたけれど、劉帆にとって、燗流は大切な人なのだろう。

きっと劉帆のことを必要としている人だって、いるはずなのだから。

黒影国は大きな混乱があったものの、結局燗流が皇帝を続けることになったらしい。

劉帆の双子の兄である燗流が皇帝でいることに反対の声もあったらしいが、これからの黒影国がどうなるかは、燗流次第だろう。

浩然は、燗流ならきっと大丈夫だと話していた。


その日の夜、私はいつもと同じように浩然の寝室にいた。

しかし、これまでと何もかもが同じではない。

黒影国で浩然が白い龍に変化した時、今までずっと見えなかった浩然の心の色が見えた。

あれから実は、浩然の心の色が見えたり見えなくなったりする状態が続いている。

どうやらずっと見えるわけではないのだけれど、浩然が強い感情を抱くと、うっすら心の色が見えるのだ。

とはいえ、もうこの力に頼りすぎないと決めた。

私は浩然を好きだと自覚した。

もう一度、きちんと自分の言葉で、浩然に告白しないといけないと思う。

そのために、今日は浩然に会いに来たんだ。

劉帆に襲われた時に何度も浩然に好きだと伝えたけれど、その後の後始末が大変すぎて、色々うやむやになって現在に至っている。

「あの、浩然……」

「何だ？」

目が合うと、浩然はやわらかい笑みを浮かべた。

初めて会った時は、こんな風に優しく笑ってくれるなんて思わなかった。

その表情にドキリとして、なかなか言葉が出てこない。

そもそも、分からないことだらけでまだ混乱している。

私は寝台に座って、浩然に問いかけた。

「浩然。あの時……私が剣で貫かれた時、一体何が起こったの？」

「澪は、あの時確かに命を落としたんだ。白龍として俺が持っている力は、命を落とした者を、一度だけ蘇らせることができる力なんだ」

そういえば、龍神はそれぞれ力を持っているんだった。

憂炎は、未来を読む力。

劉帆は他人の心を操る力。

燗流は人の夢を操る力。

そして浩然は、死んだ人を蘇らせる力だったらしい。

「あれ、水を操る力じゃなかったの？」

「水を操る力は、龍神ならば誰でも持っている。でないと海の中に城を作るのは難しい」

「そっか、確かにその通りだね。じゃあ浩然の本当の力は、命を蘇らせる力なんだ。浩然が私を生き返らせてくれたんだね」

浩然を守ろうとしたことに後悔はないけれど、我ながら無茶をしたものだと思う。

浩然の力がなくて、そのまま死んでいたらと考えるとぞっとした。

「浩然の力も、反則みたいにすごい能力だね」

彼は頷いた。

「だが、使えるかどうかは半信半疑だった。この力を使ったことは、今まで一度もない」

浩然は表情を曇らせて呟いた。

「いや、一度母に使おうとして、失敗したんだ。俺の力がまだ未熟だったから、母は助からなかった」

私はハッと息をのむ。

龍神の子を産んだ浩然のお母さんは、精神を病んで自ら命を絶ったと話していた。浩然のお父さんは、命を蘇らせる能力が自分にある時なら、浩然のお母さんを助けられたんだ。

だが子供が生まれれば、先帝の力は息子に、つまり浩然に受け継がれる。結果浩然は失敗し、お母さんを助けることができなかった。

先帝は息子に力が受け継がれたことを悔やみ、妻を助けられなかった自分と浩然を憎んだのだろう。

最初に浩然の両親の話を聞いた時は、なんて冷たい父親なのだろうと思った。しかしきっと先帝は、心から妻のことを愛していたのだろう。

そう考えると、どちらの気持ちも分かるだけに悲しいと思った。

「あの時のように、大切な人を守れないのではないかと思うと、力を使うのが恐ろしかった。だが澪を失うかもしれないと思ったら、迷っている暇はなかった」

私はその言葉に頷いた。

「助けてくれてありがとう、浩然」

「礼を言うのはこちらだ。まさか、澪があんな無茶をするとはな」

浩然の声は、少し怒っていた。

「もう二度と、あんなことをするな。澪が倒れた時、目の前が真っ暗になった」

「浩然が危ないと思ったら、無我夢中で。気が付いたら身体が勝手に動いてた。私、あなたに助けられてばかりだから。これ以上足手まといになるのは嫌だったの」

「澪がいなくては、俺の生きる意味もない」

浩然は私に向かい、真っ直ぐにこちらを見つめて告げた。

「こうしてやっとふたりきりになれたし、伝えたいことがある」

私もきちんと聞かないといけないと思って、背筋を伸ばして彼に向き合った。

「俺は澪のことを愛している」

「浩然……」

「皇后になってほしい。だが白陽国のことも、龍神のことも関係ない。ただ、ひとりの男として、澪を愛している」

率直すぎる言葉に、心臓が跳ねた。

それに、彼の心が深い愛情を示す色に染まっているのが見えた。

浩然の眼差し、言葉、心の色。すべてから彼の気持ちが伝わってきて、自然と顔が熱くなる。

浩然は黙り込んでいる私をしばらく不思議そうに見つめ、やがて呟いた。

「……もしかして、照れているのか？」

「あ、当たり前でしょ！　そんな風に真正面から好きだって言われたのは、生まれて初めてだもん」

そう答えると、浩然はなぜか嬉しそうに声を立てて笑う。

「かわいらしいな、澪は」

その言葉に、ますます頬が熱くなった。

恥ずかしいけれど、私も彼の気持ちに応えなくてはと思った。

きちんと伝えなければ。

私は顔を上げ、浩然を見つめて言う。

「私も浩然のことが好き。皇后とか、難しいことはまだ分からないけれど。こんな風に誰かを好きになったのは、初めて。私はずっとあなたの側にいたい。明日も明後日も、この先の未来、ずっと」

そう告げると、浩然は一瞬驚いたように目を見開く。

浩然の赤い宝石のような瞳に、私の姿が映っていた。

浩然の手が、私の頬を撫でる。

互いに見つめ合って、口づけを交わす。

「今度は謝らないんだ」

「あぁ、舟の時か」

「あの時、どうして浩然が謝ったのか分からなくて、不安だったんだよ。てっきり、嫌われたのかと思った」

そう言うと、浩然は焦った表情になる。

「すまない。あの時は、誰のことも皇后にするつもりはないと言っていたのに、軽率な行動をとって澪を傷つけたと思ったんだ」

「なんだ、そうだったの」

傷ついたりしていないのに。浩然の気持ちが分かり、ほっとして彼の胸に身体を預ける。

「皇后になれば、忙しくなるぞ。様々な式典にも出ることになる」

「それは大変。私、この国のしきたりがまったく分からないもの」

「心配ない。麗孝が嫌というほど詳しく教えてくれるさ」

それを聞いて、私たちはくすくすと笑い合う。

「正式に皇后になるのなら、蓮華にも伝えないと。きっと大喜びするだろうな」

蓮華が飛び跳ねて喜んでいる姿が浮かび、口元が緩んだ。

「蓮華というのは、澪の侍女だったか」

「ええ。蓮華は最近小説を書き始めたのだけれど、いつか私と浩然の恋物語を綴《つづ》りたいんですって」

「それはまた、珍しいことを思いつく」

少し照れくさいけれど、蓮華から見た私たちがどんな風に綴られるのか、読んでみたいと思った。

それからまた、私たちは何度も短いキスをした。

そのまま寝台に押し倒される。

「え？」

浩然の手が襦袢の帯をほどこうとしているのに気づき、動揺する。

「ちょ、ちょっと待って浩然！　まだその、心の準備ができてなくて！」

「澪は俺の妻だということを受け入れたのだろう？」

「それは、そうなんだけど……！　え、えっと……」

しどろもどろでそう言うと、浩然は目を細めてクスクスと笑った。

「冗談だったの!?」

それから浩然は、私の額に優しく口づけた。

「ああ、そうだ。恥ずかしそうにしている澪がかわいかったからな」

私はその言葉に少しだけ安堵する。

「澪の隣で眠るのは慣れている。もうしばらく我慢するよ」

それから浩然は、私の頭を撫でながら耳元で囁いた。

「だが、あまり長くもちそうにない。早く覚悟を決めておけ」

「う、うん」

私は頬が熱くなるのを感じながら、ぎくしゃくした動きで頷く。

浩然は楽しげに笑いながら、私を抱き締めた。

もう少しだけ今のままでいたいと考えながら、彼の背中に手を伸ばす。

浩然に話したいことがたくさんある。

心の色が見えることについても、彼に打ち明けよう。

きっと浩然なら、受け入れてくれるはずだ。

浩然の心は、今は白く輝いている。

もし彼の心の色が見えなくなったとしても、もう不安になることはないだろう。

白く気高い光が彼を包み込んでいるのが、愛おしいと思う。

これからも、困難なことがあるかもしれない。
でも浩然と一緒なら、きっとどんなことも乗り越えられるだろう。
心から強く、そう思った。

【了】

あとがき

こんにちは、御守《みもり》いちると申します。

この度は本作を手に取っていただき、誠にありがとうございます。

今回、初めて中華後宮が舞台の小説を書きました。

担当様から中華後宮のお話はどうでしょうとご提案いただき、私も昔から海の中にある後宮のお話を書きたかったのもあって、執筆する運びとなりました。

海底都市ってロマンがありますよね。一説によると宇宙よりも深海の方が謎が多いらしいです。海の奥底にはまだ見ぬ謎の生物が潜んでいるかもしれないと思うと、ちょっとワクワクします。

微妙に話がそれました。そんな感じで書き始めたこの小説なのですが、とにかく後宮のことを調べるのが大変だったのと、色々悩んで途中でヒロインの設定や性格を変更して原稿を書き直したりと、初稿にものすごく時間がかかってしまいました……。

申し訳なさの極みです。

苦労の多い小説ではありましたが、長い時間執筆していた分、竜宮城と人魚姫をベースにした世界観や、ヒロインの澪には愛着が湧きました。また侍女の蓮華や、麗孝も気に入っています。

浩然はどんな性格なのか、なかなか掴めなかったのですが、澪と出会ってからはだいぶ人間味が出たのではないでしょうか。（人間じゃないですけどね）

今年の夏は猛暑でとにかく暑いので、読者様も海の中にいるような涼しい気分になりながらこの本を読んでいただければ幸いです。

最後になりましたが、謝辞を。この小説の制作に携わってくださったスターツ出版文庫の皆様方をはじめ、すべての方に心より御礼を申し上げます。

特に企画の段階からサポートしてくださった担当様。色々ご迷惑をおかけして申し訳ございません。精進します。

イラストを担当してくださったカズアキ様。本当に美麗なイラストをありがとうございました！　何度も眺めては、その度に感動しております。

そしてこの物語を見届けてくださった読者様にも、心からの感謝を。

また機会がありましたら、どこかでお目にかかれますように。

二〇二二年八月　御守いちる

この物語はフィクションです。実在の人物、団体等とは一切関係がありません。

御守いちる先生へのファンレターのあて先
〒104-0031　東京都中央区京橋1-3-1　八重洲口大栄ビル7F
スターツ出版（株）書籍編集部 気付
御守いちる先生

白龍神と月下後宮の生贄姫

2022年8月28日　初版第1刷発行

著　者　　御守いちる　

発 行 人　菊地修一
デザイン　カバー　北國ヤヨイ（ucai）
　　　　　フォーマット　西村弘美
発 行 所　スターツ出版株式会社
　　　　　〒104-0031
　　　　　東京都中央区京橋1-3-1　八重洲口大栄ビル7F
　　　　　出版マーケティンググループ　TEL 03-6202-0386
　　　　　（ご注文等に関するお問い合わせ）
　　　　　URL　https://starts-pub.jp/
印 刷 所　大日本印刷株式会社

Printed in Japan

ISBN　978-4-8137-1313-5　C0193

スターツ出版文庫　好評発売中!!

『わたしを変えた夏』

普通すぎる自分がいやで死にたいわたし（『だれか教えて、生きる意味を』汐見夏衛）、部活の人間関係に悩み大好きな吹奏楽を辞めた絃葉（『ラジオネーム、いつかの私へ』六畳のえる）、友達がいると妹に嘘をつき家を飛び出した僕（『あの夏、君が僕を呼んでくれたから』栗世凛）、両親を亡くし、大雨が苦手な葵（『雨と向日葵』麻沢奏）、あることが原因で人間関係を回避してきた理人（『線香花火を見るたび、君のことを思い出す』春田モカ）。さまざまな登場人物が自分の殻をやぶり、一歩踏み出していく姿に心救われる一冊。

ISBN978-4-8137-1301-2／定価704円（本体640円+税10%）

『きみと僕の５日間の余命日記』　小春《こはる》りん・著

映画好きの日也は、短編動画を作りSNSに投稿していたが、クラスでバカにされ、孤立していた。ある日の放課後、校舎で日記を拾う。その日記には、未来の日付とクラスメイトの美女・真昼と出会う内容が書かれていた――。そして目の前に真昼が現れる。まさかと思いながらも日記に書かれた出来事が実際に起こるかどうか真昼と検証していくことに。しかし、その日記の最後のページには、５日後に真昼が死ぬ内容が記されていて…。余命×期限付きの純愛ストーリー。

ISBN978-4-8137-1298-5／定価671円（本体610円+税10%）

『夜叉の鬼神と身籠り政略結婚四～夜叉姫の極秘出産～』　沖田弥子《おきたやこ》・著

夜叉姫として生まれ、鬼神・春馬の花嫁となった凛。政略結婚なのが嘘のように愛し愛され、幸せの真っ只中にいた。けれど凛が懐妊したことでお腹の子を狙うあやかしに襲われ、春馬が負傷。さらに、春馬ともお腹の子の性別をめぐってすれ違ってしまい…。春馬のそばにいるのが苦しくなった凛は、無事出産を迎えるまで、彼の知らない場所で身を隠すことを決意する。そんな中、夜叉姫を奪おうと他の鬼神の魔の手が伸びてきて…!?鬼神と夜叉姫のシンデレラストーリー完結編！

ISBN978-4-8137-1299-2／定価660円（本体600円+税10%）

『後宮の生贄妃と鳳凰神の契り』　唐澤和希《からさわかずき》・著

家族に虐げられて育った少女・江瑛琳。ある日、瀕死の状態で倒れていた青年・悠炎を助け、ふたりの運命は動き出す。彼は、やがて強さと美しさを兼ね備えた国随一の武官に。瑛琳は悠炎を密かに慕っていたが、皇帝の命により、後宮の生贄妃に選ばれてしまい…。悠炎を想いながらも身を捧げることを決心した瑛琳だが、神の国にいたのは偽の鳳凰神で…。そんなとき「俺以外の男に絶対に渡さない」と瑛琳を迎えに来てくれたのは真の鳳凰神・悠炎だった――。生贄シンデレラ後宮譚。

ISBN978-4-8137-1300-5／定価638円（本体580円+税10%）

書店店頭にご希望の本がない場合は、書店にてご注文いただけます。